SOHNZUCHT

Sohnzucht

Nicole Sommer

Bibliografische Information der Deutschen Nationalbibliothek:
Die Deutsche Nationalbibliothek verzeichnet diese Publikation in der Deutschen Nationalbibliografie; detaillierte bibliografische Daten sind im Internet über http://dnb.dnb.de abrufbar.

Herstellung und Verlag: BoD – Books on Demand, Norderstedt

Druckausgabe 20. Januar 2022
ISBN 9783755798255
© Nicole Sommer.

All denen gewidmet, die durch Hinzuheirat in Familien durch die Hölle gehen müssen. Und meinen Kindern Leo und Lili.

VORWORT

Im Wörterbüchern steht, dass Liebe ein starkes Gefühl des Hingezogenseins zu einem Menschen oder eine Sache sei. Wenn man in einer Sommernacht eine Lampe mit einem umgebenden stromdurchflossenen Gitter im Balkon aufstellt oder aufhängt, werden Mücken und Fliegen ebenfalls zu dem Licht hingezogen, finden aber ein jähes Ende in der Nähe der Lampe. Ich bin weder eine Mücke, noch bin ich tot. Und geliebt habe ich wirklich. Aber auch gestorben bin ich fast, oder vielmehr, ich bin gestorben. Zumindest ein Teil von mir. Denn auch für mich gab es ein stromdurchflossenes Gitter, und das Licht war zwar verheißend, entsprang aber aus dem Schlund der Hölle. Beides, Gitter und Höllenlicht, nahm ich zu dieser Zeit nicht als das wahr, was es war. Zu schön hat das Licht geleuchtet, und zu blind war ich, um die Stromdrähte zu sehen. Dieses Buch erzählt meine Geschichte,

oder die Geschichte meines früheren Ichs. Denn heute bin ich schlauer, und wenn auch nur ein Mensch
ein bisschen hellhöriger wird und ein bisschen skeptischer darüber nachdenkt, bevor er eine lebenslange
Bindung eingeht, dann hat sich das Schreiben dieses
Buchs gelohnt. Und ich möchte diese Geschichte meinen Kindern geben, und ich hoffe, dass sie eines Tages
alt genug sein werden, es zu verstehen. Und dann ein
bisschen mehr darüber erfahren, wer ihre Mutter eigentlich ist, und was sie durchgemacht hat.

Inhaltsverzeichnis

1

AMELIE

Ich hatte meine Cousine seit Jahren nicht mehr gesehen. Ich war nicht grundsätzlich eine schlechte Cousine, zumindest glaubte ich das nicht. Wie es dann dazu gekommen war, dass sich unsere Wege für so lange Zeit getrennt hatten? So genau konnte ich das gar nicht sagen, aber es musste in irgendeiner Weise damit zusammenhängen, dass sie vor einer Ewigkeit, wie es mir vorkam, eine eigene Familie gegründet hatte. Genauer waren es fünf Jahre, aber es kam mir gleichzeitig wie tausend Jahre vor. Und bei anderer Betrachtungsweise auch genau so, als ob es erst gestern passiert wäre. Vielleicht dachte ich damals, dass sie mich nicht mehr brauchte, dass es jetzt andere Menschen gab, die sich um sie kümmerten. Falscher konnte ich gar nicht gelegen haben. Das war mir noch nicht klar, als ich jenen unscheinbaren an mich adressierten Briefumschlag ohne Absender in meinem Briefkasten vorfand. Nur die Art, wie die Buchstaben meiner Adresse geschrieben waren, kam mir gleich vertraut vor, wie eine schöne Erinnerung, die sich in einem Sommernachtstraum während einer lauen Nacht manchmal offenbarte. In unserer Kindheit waren wir unzertrennlich, wie eineiige Zwillinge im Geiste. Wie genau es zu dieser verhängnisvollen Trennung kam, wie es sein konnte, dass ausgerechnet wir uns so lange aus den Augen verlieren konnten, würde sich mir erst später eröffnen. Und dann sollte sich meine Welt, die Art, wie ich die Dinge sah, für immer ändern.

Ich fand den Brief an einem Sonntagmorgen, als ich nach der Post sah. Ich hatte es an diesem Tag eilig, weil ich mit einer Freundin zum Kaffee verabredet war, daher legte ich ihn ungeöffnet mit der anderen Post in meine Wohnung ab und machte mich auf den Weg zu meiner Verabredung. Am Nachmittag kam ich zurück. Draußen hatte es zu regnen angefangen, daher ging ich erst ins Bad, um mich abzutrocknen. Auf dem Weg in die Küche nahm ich den Brief in die Hand. Ich setzte Teewasser auf und ließ mich am Tisch nieder. Ich öffnete den Brief mit einem Messer, entfaltete die Seite beschriebenes Papier, die ich im Umschlag vorfand, und begann zu lesen.

„Liebe Amelie, Wie fängt man einen Brief an eine Cousine an, nach so vielen Jahren? Ein 'es tut mir leid' trifft es nicht ganz. Es tut mir unendlich leid, und ich weiß, dass es meine Schuld ist, dass wir so lange nichts voneinander gehört haben. Es war eine falsche Wahl, die ich getroffen habe, und meine Naivität, die mich danach davon abhielt, die falsche Wahl rechtzeitig rückgängig zu machen. Später kamen dann noch Menschen hinzu, denen ich mich anvertraute und die mich dann aber schändlich verrieten und meine Freiheit einschränkten. Vor fünf Jahren dachte ich, ich hätte die Liebe meines Lebens gefunden, und danach dachte ich, die kleine Familie die ich mit dem vermeintlichen Mann meiner Träume gegründet habe, er und meine beiden Kinder, wären das Paradies auf Erden. Aber ich hatte die Schlange vergessen, eine Schlangengrube, wie sich herausstellen sollte, und das Paradies war eine geschickt verkleidete Hölle. Es ist nahezu unglaublich, was mir und meinen Kindern in dieser Zeit passiert ist, und ich verfiel in einen Strudel der mich immer weiter von meinem normalen Leben und meiner Welt wegführte. Ich weiß, letztlich ist jeder für sich selbst dafür verantwortlich, dass so etwas nicht passierte. Aber ich war verblendet, lies mich von Beteuerungen und Aufmerksamkeiten einwickeln, und verfiel den oberflächlichen Annehmlichkeiten, die sich mir durch meinen Mann und seine Familie darboten. So kam es, dass ich es in Kauf nahm, dass Freundschaften und sogar die Verbindung zu dir verloren gingen. Nur mit meiner Mutter hielt ich Kontakt und wir sahen uns regelmäßig. Tatsächlich hat sie mir auch geholfen, soweit das in ihrer Macht stand. Manchmal fragte ich sie danach, wie es Dir geht. Zu mehr reichte mein Mut aber über lange Zeit nicht. Das möchte ich jetzt ändern, weil sich jetzt erst wieder langsam der Nebel um mein Leben lichtet, und ich mich auch wieder an die schöne Zeit erinnern kann, die wir beide als Kinder zusammen hatten. Wenn ich jetzt weiter schreibe, würden daraus leicht hunderte von Seiten werden, und es wäre vielleicht besser, wenn ich Dir mehr von dem was mir passiert ist bei einem Treffen erzählte. Dann könntest Du mir auch verraten, wie es Dir so ergangen ist in den letzten Jahren. Ich würde mich sehr freuen, wenn wir uns sehen könnten. Meine Telefonnummer findest Du auf der beigefügten Karte. In Liebe, Deine Nicole"

Das war nun wirklich eine Überraschung! Meine liebe Cousine Nicole, von der ich so lange nur über meine Tante hörte, meldete sich nach so vielen Jahren bei mir und bat um ein Treffen. Ich muss schon zugeben, dass ich etwas auf Nicole sauer war, dass sie sich so aus unserem innigen Verhältnis davongestohlen hat. Damals schob ich es darauf, dass sie sich um ihre eigene Familie zu kümmern hatte, und dabei hatte sich schleichend und fast unbemerkt eingestellt, dass wir uns erst immer weniger und zum Schluss gar nicht mehr sahen. Den Punkt, an dem man hätte bemerken können, dass vielleicht etwas nicht stimmte in Nicoles Leben, hatte ich verpasst. Schließlich war es eine Mischung aus einer Enttäuschung über das Fernbleiben von Nicole und meiner eigenen Unfähigkeit, die Ursache außerhalb Nicole vermuten zu können, welche mich davon abhielt, meinerseits den Kontakt zu suchen.

Derlei Gedanken verfolgten mich nicht lange, denn ziemlich bald holten mich all die schönen Momente aus unserer gemeinsamen Kindheit ein, und hinzu kam eine nach und nach unbändig werdende Freude dazu, dass wir uns wiedersehen konnten. Am nächsten Tag rief ich bei der Nummer an, welche auf der dem Brief beigefügten Karte stand. Wir begrüßten uns herzlich und wechselten ein paar belanglose Worte am Telefon, wie um nichts vom Gewicht eines bevorstehenden Treffens zu nehmen. Am nächsten Wochenende sollte die Wiedervereinigung stattfinden.

2

RALF

Ralf war ein durchschnittlicher Schüler, aber Mathematik mochte er mehr als die anderen Fächer. Mathematik war einfach - es gab keine Diskussion über die Ergebnisse. Entweder war eine Zahl am Ende der Gleichung oder eine Formel am Ende einer Herleitung richtig, oder eben nicht. Man musste sich nicht entscheiden, man musste nicht das Für und Wider gegeneinander abwägen. Man musste nicht für oder gegen etwas einstehen.

Sein Zuhause war ein Hof etwas außerhalb einer kleinen Stadt. Dort lebten er und seine beiden Eltern. Zu dem Gehöft gehörte eine Tischlerei, die von seinem Vater betrieben wurde. Der verbrachte sehr viel Zeit in der Werkstatt und war dort lieber allein zugange, zumindest so lange Ralf noch zu jung war um ihn bei seiner Arbeit zu unterstützen. Für Ralf und seine Zwillingsschwester Anja erschien es daher die meiste Zeit ihres jungen Lebens so, als ob ihr Vater nicht besonders viel Zeit und Energie für sie übrig hatte. So hatten weder Anja noch er ein besonders inniges Verhältnis zu ihrem Vater entwickeln können. Mit seiner Mutter war es etwas ganz anderes. Sie war stets sehr präsent, und eigentlich war es immer sie, die bestimmte, was zuhause geschah und wann es geschah. Auch hier gab es keine Diskussion, wie in der Mathematik in der Schule. Für Ralf war das kein Problem, er mochte seine Mutter sehr.

Andere Kinder, Mitschüler etwa, brachte er selten mit nach Hause. Er versuchte es einige Male, denn schließlich brachte der große Hof eine Unmenge an Möglichkeiten mit sich, mit anderen Kindern zu spielen. Aber seine Mutter verhielt sich dabei immer seltsam, sehr kalt und auf eine gespenstisch indirekte Weise abweisend, so dass er immer mehr davon Abstand nahm, Klassenkameraden mit nach Hause zu bringen. Er hatte irgendwie stets das Gefühl, dass die befremdliche Haltung, die seine Mutter andern Kindern entgegen brachte, seine Schuld war. Obwohl er nicht sagen konnte, woher das Gefühl kam, oder wie er es hätte verhindern können. Trotzdem war es für ihn letztlich besser, niemanden mehr mitzubringen, weil dann seine Mutter lieb und freundlich zu Ralf war und nur für ihn da zu sein schien.

Als er etwas älter wurde, begann er sich für die

Mädchen aus seiner Schule zu interessieren. Zu der Zeit lernte er Carla kennen, deren Familie hinzugezogen war und die sich deswegen neu an der Schule vorstellte. Carla war hübsch, ein bisschen keck und sehr selbstbewusst für ihr Alter. Sie verbrachten viel Zeit miteinander in den Unterrichtspausen, und Ralf begann auch, sich mit ihr nach der Schule zu treffen. Dies blieb zu Hause nicht unbemerkt, und seine Mutter fragte ihn alsbald, was er die Nachmittage so machte und warum er öfter Mal nach dem Mittagessen ins Dorf verschwand, ohne genau Bescheid zu sagen was ihn dahin trieb. Er erzählte seiner Mutter von Carla. Dabei leuchteten ihm die Augen und er hoffte insgeheim, dass sich seine Mutter für ihn mit freute. Da sollte er sich aber täuschen. Als er von ihr erzählt hatte, brachte seine Mutter nur mit nüchternem Ton hervor: „Ach ja, du wirst schon wissen, was du tust!", und verließ darauf das Zimmer. Ralf, etwas verdutzt von der Reaktion, dachte sich zuerst nicht viel dabei - seine Mutter würde sich schon daran gewöhnen, dass er auch Zeit mit einer Freundin verbrachte. Aber ein komisches Gefühl hatte er schon. Was zu verstehen er noch viel zu jung war: Carla und seine Mutter waren sich von ihrem Wesen her ähnlich, und das konnte nicht gut gehen.

Einige Tage später kam von seiner Mutter der Vorschlag, das Mädchen doch einmal nach Hause mitzubringen. Ralf war sehr froh über diesen Vorschlag. Jetzt, dachte er, würde alles gut werden. Seine Mutter konnte Carla kennen lernen, und danach hatte sie bestimmt nichts mehr dagegen, dass sie sich trafen. Der Besuch war für den kommenden Samstag Nachmittag geplant. Als der Tag des Besuchs kam, war Ralf etwas aufgeregt. Carla und er hatten sich direkt bei ihm zu Hause verabredet. Sie kam pünktlich und hatte ein hübsches, aber etwas eigensinniges Kleid an. Ralf lies sie ins Haus. Seine Mutter wartete im Wohnzimmer, und als sie beide zu ihr gingen, trat Carla einen forschen Schritt auf sie zu und gab seiner Mutter die Hand. Hilde musterte das Mädchen. Das dauerte nur zwei Sekunden und Ralf nahm ein leichtes Zucken in ihrer Miene wahr. Niemand konnte das sehen, nur Ralf, der seine Mutter so gut kannte. Der Rest des Besuchs verlief ohne weitere Auffälligkeiten. Hilde fragte Carla scheinbar nebensächlich über ihre Hobbys aus, und auch über ihre Mutter und den Rest ihrer Familie wurde geredet. Carla erzählte, dass ihre Mutter als Verkäuferin in einer Bäckerei im Dorf Arbeit gefunden hatte. Dabei stellte sich heraus, dass die Bäckerei einem Bekannten seiner Mutter gehörte. Das war eigentlich nichts Ungewöhnliches in einer kleinen Ortschaft - dort waren ja bekanntermaßen viele miteinander verwandt und jeder kannte jeden.

Nach ein, zwei Stunden verabschiedete sich Carla. Ralf brachte sie noch zur Tür und gab ihr ein Küsschen auf die Wange. Aus dem Augenwinkel bemerkte Ralf, dass Hilde halb hinter der Wohnzimmertür versteckt stand und sie dabei mit versteinertem Gesicht beobachtete.

Die folgenden Wochen passierte zuerst nichts weiter. Ralf konnte nicht ahnen, was in der Zeit hinter seinem Rücken geschah. Hilde spielte ihre vielfältigen Verbindungen aus und erkundigte sich überall im Dorf über Carla und ihre Mutter. Was sie dabei erfuhr, gefiel ihr offenbar nicht besonders, und so beschloss sie, Einfluss auf die Geschicke ihres Sohns zu nehmen. Ralf bekam von dem ganzen letztlich nur genau das mit, was für ihn bestimmt war: Carla distanzierte sich von Ralf. Alles Nachfragen half nichts - Carla wollte ihm nicht sagen, warum sie nichts Näheres mehr mit ihm zu tun haben wollte. Er erzählte zuhause davon, dass Carla mit ihm Schluss gemacht hatte. Seine Mutter nahm ihn in den Arm und sagte nur, dass Carla ihn gar nicht verdient gehabt hätte. Und dass es schon passieren konnte, dass Ralf von Mädchen enttäuscht würde. Aber auch, dass er sich immer auf seine Mutter verlassen konnte. Dass sie immer für ihn da wäre und ihn immer trösten würde. Ralf nahm das so hin - er freute sich, dass er eine so tolle Mutter hatte.

3

NICOLE

Ich fühlte die bleierne Schwere der Zeit auf meinem Herzen. Nichts bewegte sich mehr, jeder Morgen war wie der Morgen zuvor, grau, selbst dann, wenn die Sonne schien. Wenn die Strahlen der Sonne die Erde erreichten, drangen sie nicht bis in mein Herz vor, aber sie brannten auf der Haut wie Nadelstiche, die einen dumpfen Schmerz erzeugten. Klaren Schmerz konnte ich genauso wenig fühlen wie klare Freude, dazu war ich zu sehr betäubt. Die Nächte waren wie tiefe Schlunde, die mich in sie aufsogen und jedes Mal ein bisschen mehr von mir mit in ihren Abgründen verschluckten. Der Schlaf war keine Erlösung, und keine Erholung - wenn mein Bewusstsein sich senkte, legte sich die Last des gesamten Universums auf mich nieder und ich bekam keine Luft zum Atmen. Die Dunkelheit verwandelte sich in einen Schatten, der mir bis in die Tage und bis in mein Innerstes folgte, und nichts mehr war nur mein Eigenes. Jeder klare Gedanken, den ich in glücklicheren Momenten fassen konnte, wurde mir alsbald von diesem Schatten gestohlen und erneut fiel ich wie ein umgekehrter Urknall in mich selber zusammen. Nur meine kleinen Kinder Lili und Leo gaben mir einen Ankerpunkt für diese Welt, auch wenn ich sie nicht so oft sehen konnte wie ich wollte.

An den Punkt, als dieser Zustand anfing, kann ich mich nicht mehr erinnern. Das war seltsam, denn irgendwann vorher ging das genaue Gegenteil in mir vor - alles war Glück und jeder Tag war schöner als der Tag davor. Ich dachte, ich wäre im siebten Himmel, und dass es niemanden geben konnte, der zufriedener sein konnte als ich. Alles schien perfekt. Irgendwann muss die Fassade abgebröckelt sein, aber ich merkte es lange Zeit nicht, wollte es nicht merken. Oder ich merkte es und dachte mir, dass es unter dem Strich noch gut war, dass vor allem die Kinder es wert waren. Und ich akzeptierte die Erosion meines Lebens bis weit unter dem Punkte, wo ich es noch hätte handhaben können.

Monate vergingen, und später Jahre. Dann gab es eine Veränderung. Zuerst war es nur das Licht eines Sterns in der Nacht, welcher durch den Wall aus dumpfen Schmerz bis in mein Herz durchdrang. Später fing die Sonne an, auch mein Inneres sanft zu wärmen. Die um mich herum stattfindenden Vorgänge fingen an, wieder Konturen auszubilden, die Welt begann, wieder Sinn zu ergeben, und langsam, ganz langsam, fühlten sich Freude und Schmerz wieder so an, als hätten sie etwas zu meinem Leben beizutragen. In dieser Zeit fing ich auch an, mich wieder an mein früheres Leben zu erinnern. Da gab es jemanden, der mir früher sehr viel bedeutete, den ich dann aber aus den Auge verlor, als die Dunkelheit anfing mich mit ihren Klauen zu umfassen. Das war meine Cousine Amelie. Zwischen uns passte einst kein Blatt Papier - wir waren wie Zwillinge, die aufeinander zugeschnitten waren wie Schloss und Schlüssel. Egal, wo ich hinging - Amelie war immer mit dabei und umgekehrt. Je mehr ich anfing, die Welt um mich herum wieder zu spüren, um so mehr tat mir die lange Zeit weh, in der Amelie und ich nicht miteinander gesprochen haben. Ich beschloss, ihr einen Brief zu schreiben, ihr zu sagen, dass es mir leid tat, dass wir uns voneinander entfernt hatten, und sie um ein Treffen zu bitten. Auf einer dem Brief beigefügten Karte stand meine Telefonnummer. Und tatsächlich, Amelie meldete sich und wir verabredeten uns für das kommende Wochenende.

Am Samstag war ich mehr als nur etwas aufgeregt. Zeitweise dachte ich, dass es vielleicht noch etwas zu früh war, dass ich für einen solchen Schritt zurück in mein altes Leben noch nicht bereit war. Aber die Neugier und die Erinnerung an die schönen Augenblicke aus alten Zeiten siegten, und ich freute mich jeden Moment mehr und mehr auf unser Treffen. Als Ort hatten

wir ein idyllisch gelegenes Café am Stadtrand ausge-
wählt. Ich ging durch die Tür und sah etwas weiter hinten in der Nähe eines Panoramafensters in Richtung
des rückwärtigen Gartens Amelie sitzen. Sie stand auf
als sie mich sah, und wir umarmten uns herzlich. Wir
setzten uns hin, bestellten etwas zu trinken und einen
Kuchen, und fingen an, wie als ob es das Selbstver-
ständlichste der Welt wäre, unsere Erlebnisse der letzten Jahre auszutauschen.

Amelie erzählte mir, dass sie mittlerweile eine An-
stellung als Floristin in einem Geschäft in der Stadt-
mitte angenommen hatte, und dass ihr die Arbeit dort
viel Spaß machte. Das wusste ich zwar auch schon
von meiner Mutter, die immer als Schaltstelle zwischen Amelie und mir fungierte, aber ich mochte es,
wenn Amelie es mir erzählte. Jedes Wort, das aus ihrem Mund kam, war wie ein Tropfen Wasser, welcher
das ausgetrocknete Gefäß, das unsere Beziehung darstellte neu füllte. Ich erfuhr auch, dass Amelie Single
war und derzeit nach einigen enttäuschenden Beziehungen nicht aktiv auf der Suche nach jemandem war.
Dann sagte Amelie: „Aber erzähl mal, wie ist es Dir so
ergangen in den letzten Jahren?"

Weit oben, am fernen Firmament
stand ein Stern,
Leuchtend durch das Dunkel auf die
Welt herab.
Unten saß ich, doch mein Blick
blieb starr.

Wie blind doch die Wesen
       durch die Felsen kro-
chen,
Wie schwer doch am Geruch der Erde
       sie sich labten,
Wie bleiern doch aus bitter riechendem
       Quell sie tranken.

Die Menschen hörten das Knirschen
       der Winde,
Und sahen was um sie herum
       geschah.
Noch ging der Blick nicht nach oben,
       gen Himmel.
Zu sehr noch schmerzte die
       ferne Weite.

Doch ich fragte mich, wie es
       draußen war,
Wie es war, das Unerkannte
       anzunehmen.
Und ich blickte nach oben,
       sah den Stern.
Und nicht nur oben am Nachthimmel
       leuchtend,
Sondern hinabstoßend bis in
       mein Herz.

In diesem Moment wurde alles
                leuchtend klar,
Das dumpfe Schnauben der Welt
                jetzt nur noch Beiwerk,
Sah ich endlich
                die tobende Sehnsucht.
Anders war es da oben, und
                unerreichbar,
Aber nichts anderes war dem
                Herzen näher.
Und ich begann frei zu sein.

4

ICH SAGE JA ZU DIR

Ich lernte Ralf über das Internet kennen und war schon sehr gespannt, wie er in Wirklichkeit aussah. Wir tauschten uns zuerst über das Internet aus, gingen aber dann zu Telefonaten über. Seine Stimme zog mich bald in einen Bann, dem ich nicht widerstehen konnte. So verabredeten wir uns nach relativ kurzer Zeit zu unserem ersten Treffen in einem Restaurant.

Die Stunden bis dahin kamen mir wie eine Ewigkeit vor und ich bekam die ganze Nacht kein Auge zu. Zu viele Gedanken gingen mir durch den Kopf. Was ziehe ich nur an, wie mache ich die Haare, werde ich ihm gefallen? Nach dieser nicht enden wollenden Nacht war ich früh wie gerädert, aber ich hatte ja ein Date und da konnte ich nichts dem Zufall über-

lassen. Also wühlte ich schon früh in meinem Kleiderschrank nach dem entsprechenden Outfit. Zuerst fand
ich nichts Passendes, aber immerhin wusste ich bald,
welche Schuhe ich anziehen wollte. Da stand ich nun
mit meinen dreiviertelhohen Stiefeln vorm Schrank
und blickte etwas ratlos hinein, obwohl er randvoll gefüllt war. Als ich mich so im Spiegel betrachtete, dachte ich mir: „Na, du machst auch mit einem Jutesack eine gute Figur", und hatte dabei ein leichtes Grinsen im
Gesicht. Nach schier unendlich langem Anprobieren
und dem Gefühl, den ganzen Kleiderschrank getragen
zu haben, entschloss ich mich für eine enge dunkle
Jeanshose, in der meine langen schlanken Beine und
der Po richtig gut zur Geltung kamen. Beim Ober-
teil entschied ich mich für meinen hellen Lieblings-
pullover mit Rollkragen. Ich schminkte mich noch etwas und meine dunklen langen Haare steckte ich nach
oben. So angezogen, fühlte ich mich sichtlich wohl in
meiner Haut und war mir meiner Ausstrahlung auch
bewusst.

Auf dem Weg zum Restaurant war ich schon ziemlich nervös und ich hatte keine Ahnung wie der Abend
verlaufen würde. Noch völlig in Gedanken versunken
betrat ich das Gastlokal. Zuerst ging ich davon aus,
dass ich vor ihm da war. Ich ließ meinen Blick schweifen, um einen geeigneten Platz zu finden. Als ich endlich einen freien Tisch auf einer leicht erhöhten Position sah, bemerkte ich zwei Tische daneben einen äu-
ßerst attraktiven Mann wartend am Tisch sitzen. Als
ich ihn sah, traf es mich wie ein Blitzschlag. Ich wusste

in diesem Moment genau, dass dies der Mann meiner Träume war.

Ich lächelte ihn an und er lächelte zurück. Mir wurde heiß und kalt zu gleich. Ich war furchtbar nervös und hoffte, dass er nichts davon bemerkte. Mein Herz klopfte bis über beide Ohren. Wir begrüßten uns mit einer kleinen Umarmung und dabei konnte ich seinen angenehmen und anziehenden Duft riechen. „Du siehst bezaubernd aus", hauchte er mir entgegen. Ich war hin und weg. Er sah umwerfend aus mit seinem weißen Hemd, dem gelockten braunen Haar, seinen wunderschönen blauen Augen und dem anziehenden Mund. Er nahm mir die Garderobe ab und platzierte mich am Tisch. So ein Gentleman, dachte ich mir, von mir aus konnte die Zeit stehenbleiben. Er fragte mich, was ich trinken möchte. „Ein Glas Rotwein bitte", hauchte ich ihm entgegen. Er sagte: „Dann nehmen wir zwei Gläser, und eine Flasche Wasser dazu." Er gestand mir, dass er sehr aufgeregt wäre. Ich lächelte ihn nur verlegen an und dachte, wenn du wüstest wie es in mir aussieht! Wir verstanden uns auf Anhieb und unterhielten uns über Gott und die Welt. Die Zeit verging wie im Flug und meine schlaflose Nacht war vergessen. So verbrachten wir einen sehr schönen Abend miteinander. Ich hatte schon lange nicht mehr so ein unglaubliches Gefühl gehabt.

Er brachte mich zum Abschied an mein Auto und da überwand ich mich und gab ich ihm ein Küsschen auf die Wange. Er lächelte und sah glücklich aus, genau wie ich. Ich hätte am liebsten die Zeit angehalten, um diesen Moment für die Ewigkeit zu genießen.

Bei mir zu Hause angekommen, konnte ich es immer noch nicht richtig fassen, dass mir so ein Glück widerfahren war und ich mich mit diesem gutaussehenden jungen Mann getroffen hatte. Bis zum nächsten Morgen bekam ich kein Auge zu, da ich immer an ihn denken musste und das Erlebte wie eine Endlosschleife meinen Kopf durchlief. Ich stellte mir schon so viele Dinge im Kopf vor, die wir gemeinsam machen könnten, dass ich Zeit und Raum total vergaß. Die Welt um mich herum fühlte sich so leicht und unbeschwert an, so dass ich das Gefühl hatte, verliebt zu sein.

Wir telefonierten täglich und sahen uns die folgenden Tage öfters. Dabei hatte ich nie das Gefühl, dass es in irgendeiner Weise langweilig würde oder wir uns nichts Neues zu erzählen hätten. Bisher hatten wir uns immer auf neutralem Boden getroffen, aber diesmal lud ich ihn zu mir nach Hause ein. Natürlich war ich wie immer aufgeregt und wollte auch nichts dem Zufall überlassen. Also war großer Hausputz angesagt und eine Deko musste auch noch platziert werden. Wir wollten es ja schön gemütlich haben und es sollte auch die richtige Stimmung aufkommen. Ich bereitete ein delikates Gericht aus Kartoffeln, Lachs und Gemüse für uns vor, stellte eine Flasche Weißwein kühl und dekorierte den Esstisch schön. Alles sollte perfekt sein, so wie ich es mir schon tausendmal in meinen Träumen vorgestellt hatte.

Als es dann an der Tür klingelte und ich ihm im

kurzen schwarzen Kleid die Tür öffnete, dachte ich, mein Herz springt gleich aus der Bluse. Da stand er nun mit einem wunderschönen Blumenstrauß vor mir und sagte: „Für die wundervollste Frau auf dieser Welt." Ich war hin und weg und brachte kein Wort über die Lippen, sondern fiel ihm nur um den Hals und wir umarmten uns ganz innig. Als ich mich dann etwas gesammelt hatte, sagte ich zu ihm: „Danke, komm doch erstmal herein!" Während er seine Garderobe ablegte, holte ich eine Vase für seinen schönen Blumenstrauß. Den stellte ich natürlich mit auf den dekorierten Esstisch und er passte farblich perfekt dazu, als ob wir uns abgestimmt hätten. Ich zeigte Ralf kurz meine Wohnung und er war sichtlich angetan von der geschmackvollen Einrichtung und sagte: „Schön hast du es hier, sehr schön". Ich bedankte mich und bat Ralf zu Tisch.

Wir ließen uns das Essen munden und Ralf lobte meine Kochkünste in den höchsten Tönen. „Wo hast du so gut kochen gelernt?", fragte er mich. Das schmeichelte mir sehr und ich sagte ihm, dass ich öfters mit meiner Mutter Sabine zusammen gekocht und mir dabei einiges abgeschaut hätte. Nachdem wir so lecker gespeist hatten, machten wir es uns bei Kerzenschein auf der Couch gemütlich und im Hintergrund lief romantische Musik. Wir unterhielten uns, machten kleine Späße und alberten herum. Irgendwann nahm Ralf mich in den Arm und schaute mich dabei tief mit seinen blauen Augen an. Ich versank in einer wohlig warmen Wolke der Geborgenheit als wir uns dann küssten. Genauso hatte ich es mir vorgestellt und ich bot Ralf an noch über Nacht zu bleiben. Ich konnte in seinen Augen dieses Feuer sehen, was sicher nicht von den Kerzen kam, sondern aus seinem Herzen. So schliefen wir dann ganz eng umschlungen ein und waren die wohl glücklichsten Menschen auf der Welt.

Als wir am nächsten Morgen frühstückten und den vergangenen Abend nochmal Revue passieren ließen, sagte ich zu Ralf: „Ich habe in fünf Wochen Urlaub und möchte gerne eine Woche in den Süden fliegen." Er überlegte kurz und fragte mich: „Nimmst du mich mit?", „Ich bräuchte auch einmal Urlaub". Ich wusste für einen Moment nicht was ich sagen sollte und war total sprachlos. „Na klar kannst du mitkommen!", erwiderte ich aufgeregt.

Schon einige Tage später gingen wir in ein Reisebüro und buchten eine Reise in den sonnigen Süden, wo wir später einen wundervollen Badeurlaub zusammen verbrachten. Als wir zurück kamen, fiel mir ein, dass wir bis dahin noch gar nicht bei Ralf zu Hause waren und ich daher noch gar nicht wusste, wie er so lebte. Zwar hatte er mir erzählt, dass er mit seinen Eltern zusammen in einem Hof auf dem Land lebte, aber so richtig konnte ich mir es bis dahin nicht vorstellen.

Wie als ob er meine Gedanken lesen konnte, kam Ralf kurz darauf zu mir und sagte: „Wir fahren heute zu mir und ich zeige dir wo ich wohne." Ich war begeistert und konnte mir endlich selber ein Bild von seinem Zuhause machen. Also fuhren wir von mir aus in einen etwa 30 Kilometer entfernten kleineren Ort. Der befand sich jenseits der Grenze zu einem ande-

ren Bundesland, aber zu diesem Zeitpunkt hätte ich
mir noch nicht vorstellen können, welche Rolle das einmal spielen würde. Ich, der ich es sonst gewohnt war,
selber zu fahren, nahm die Umgebung als Beifahrerin
ganz anders wahr. Ich genoss diese Fahrt und konnte schon von der Ferne ein etwas abgelegenes Grundstück mit mehreren Gebäuden erblicken. Es war rings-
herum nur von Feldern umgeben und hatte nur einen schmalen Weg als Zugang. Wir fuhren den Feld-
weg entlang und betraten ein wunderschönes Grundstück mit verschiedenen Nadel- und Obstbäumen, sowie exotischen Laubhölzern. Als wir anhielten, warf
Ralf mir einen verliebten Blick zu und sagte: „So, wir
sind jetzt daheim." Er stieg aus dem Auto aus und öffnete mir wie ein Gentleman die Tür, was mich sichtlich berührte. Mir fiel sofort der bis ins Detail liebevoll
gestaltete Garten ins Auge. Hier hatte jemand wirklich
Ahnung und einen Hang zur Perfektion. Schon an der
Gebäudestruktur erkannte ich, dass hier eine Firma
im Grundstück integriert ist. Ralf erklärte mir stolz,
dass es die Tischlerei seines Vaters sei, die sie gemeinsam betrieben und dass seine Wohnung genau über
der Werkstatt läge. Er sagte: „Komm, ich zeige dir alles!"

Ich war sehr gespannt darauf, was er mir zu zeigen hatte. Ralf nahm mich behutsam an der Hand und
führte mich stolz durch den Hof und die Firma. Wir
kamen in einer großen Werkhalle an und überall standen modernste Maschinen. Er erklärte mir mit Ver-
gnügen, was man alles aus einem Baumstamm mit

diesen Maschinen herstellen konnte. Ich hörte ihm gespannt zu, obwohl ich nur die Hälfte von den Fachbegriffen verstand. Aber das war egal, er hielt immer noch meine Hand und ich spürte die Wärme, die er ausstrahlte.

Neben dem Firmengebäude stand das elterliche Wohnhaus. Ralf stellte mich seinen Eltern vor. Sein Vater Martin war ein großgewachsener schlanker Mann mit graumeliertem lichten Haar und seine Mutter Hilde war eine etwas kleinere gedrungene Frau mit blonden kurzen Haaren. Beide waren so Mitte Fünfzig. Sie begrüßten mich ganz herzlich und luden uns gleich zum Kaffee ein. Beide strahlten eine herzliche Sympathie aus und machten einen sehr netten Eindruck auf mich.

„Bevor es Zeit für einen Kaffee ist, machen wir noch einen kleinen Gartenspaziergang", sagte Ralf. Gleich neben dem Elternhaus im Garten lag ein wunderschöner Koiteich. Er war riesig und so klar, dass man auf dem Grund die Fische sehen konnte. Wunderschöne Blumenstauden, Bonsaibäumchen und chinesische Statuen vervollkommneten die Teichanlage.

Ralfs Vater Martin berichtete stolz von seinen kostbaren Koi-Karpfen und erklärte mir die verschiedenen Arten mit Hilfe eines hinzu geholten Buches. Er schien sich damit sehr gut auszukennen. Ich wollte ein Späßchen machen und sagte: „Diese Mahlzeit wird sehr teuer!" Im gleichen Moment dachte ich, dass das wohl für den Anfang etwas sehr frech war und sank innerlich zusammen. Tatsächlich sah er mich fragend an, fuhr mit der Hand über seinen weißen Bart und es dauerte einen Moment, bis wieder ein Lächeln sein Gesicht durchdrang. Ich war erleichtert. Er drehte sich dann kurz um und nahm einen großen Eimer mit Fischfutter von einem Tisch. Aus diesem nahm er zwei volle Hände Trockenpellets und warf sie in hohem Bogen in den Teich. Das Futter schwamm wie ein Teppich auf dem Wasser und es dauerte keine fünf Sekunden, bis der Teich plötzlich zum Leben erwachte und die Oberfläche regelrecht brodelte. Es erschienen ungefähr zwanzig Kois, die sich eine regelrechte Schlacht um die begehrten Happen lieferten. Ich staunte nicht schlecht, wie schnell das Futter weg war und der Teich sich dann wieder beruhigte. Jetzt, wo die Fische wieder ruhig durchs Wasser glitten, konnte man sehen, wie wunderschön sie gezeichnet waren und mit welcher Eleganz die bis zu 60 Zentimeter großen Riesen durchs Wasser glitten. Er führte mir vor, wie man die Tiere berühren musste, damit sie keine Angst bekamen und ich machte es ihm nach. Es war faszinierend und aufregend zugleich. So etwas hatte ich noch nie erlebt oder gemacht.

Ralfs Vater ging ein paar Schritte zu seinem Sohn und ich hörte ihn sagen: „Das ist ja ein hübsches Mädchen, ihr passt gut zusammen", „Halte sie dir warm!" Ralf lächelte stolz seinen Vater an und dieser sagte laut schmunzelnd zu mir: „Wir dachten schon er findet nie jemanden, und jetzt so ein schönes Mädchen."

Nach dem unterhaltsamen Nachmittag mit Kaffee und Kuchen zeigte mir Ralf seine Wohnung. Dazu mussten wir zuerst durch das Büro gehen. Von dort führte eine moderne Holztreppe, die er selbst angefertigt und eingebaut hatte, nach oben. Er reichte mir liebevoll seine Hand und führte mich in sein Reich. In jedem Raum waren Holzvertäfelungen, Parkett und wunderschöne hochwertige Holzmöbel, welche er alle selbst gebaut hätte, wie er mir erklärte. Die Wohnung hatte auch ein großes Bad, eine sehr modern eingerichtete Küche, ein großräumiges Wohnzimmer mit Balkon, sowie ein schönes Schlafzimmer. Man sah sofort, dass hier jemand viel handwerkliches Geschick besaß, da die Einbaumöbel alle sehr genau und sauber gearbeitet waren.

Stolz zeigte mir Ralf sein Meisterstück, die Einbauschrankwand im Wohnzimmer. Er erklärte mir die verschiedenen Holzarten und welche sich für was besonders eigneten. Ich war sichtlich überwältigt davon, was mit handwerklichem Geschick und Detailversessenheit alles mit Holz machbar war. Als er mich in den Arm nahm und auf den großen Balkon führte, war es herrlich ruhig, da nur Feld um das Grundstück herum war. Am Himmel fingen die ersten Sterne an zu glänzen, denn es war schon langsam dunkel geworden. Wir tranken Wein, lauschten der Stille und ließen diesen herrlichen Abend romantisch und liebevoll ausklingen.

Von nun an sahen wir uns öfters und verbrachten jede freie Minute zusammen. Nach einiger Zeit fragte er mich in seiner Wohnung, ob ich mir vorstellen könnte bei ihm zu leben. Er gestand mir seine Liebe und dass er sich ein Leben ohne mich nicht mehr vorstellen konnte. Er bat mich die Augen für einen Augenblick zu schließen und ich spürte wie er mir vorsichtig eine Kette um den Hals legte. „Du kannst deine Augen wieder öffnen", hauchte er mir ins Ohr. Ich blickte an mir herab und sah eine wunderschöne zart gearbeitete silberne Kette mit einem eingefassten roten Herzchen. Mein Herz pochte wie wild und ich fiel Ralf um den Hals und küsste ihn. „Du hast mir aus dem Herzen gesprochen, auch ich will nicht mehr ohne dich sein und den Rest meines Lebens mit dir verbringen", antwortete ich ihm. Ich sah in seinen Augen, dass er tief gerührt und den Tränen nahe war. Von diesem Augenblick stand für uns beide fest, dass wir unsere gemeinsame Zukunft in diesem Hof planen werden.

Wir genossen die Zweisamkeit, reisten und unternahmen viel gemeinsam. Er erzählte mir von seiner Zwillingsschwester Anja, die schon verheiratet war und bald ihr erstes Kind erwartete. Sie und ihren Mann Thorsten lernte ich auch bald kennen. Beide waren sehr freundlich und ich freute mich, dass ich hier so entgegenkommend aufgenommen wurde. Ich hoffte, dass wir vier viel gemeinsam unternehmen werden und dachte dabei an Spieleabende, Kurzurlaub, Ausflüge und mehr. Ralf sagte mir, dass auch er eine Familie gründen und eigene Kinder haben möchte, was auch meinen geheimen Wünschen entsprach. Ich fühlte mich geborgen, umsorgt und glücklich.

Oft fuhr ich zu Ralf nach Hause und wartete bei ihm bis er mit seiner Arbeit fertig war. Diese Zeit nutzte ich dann, um mit meinen Freunden zu telefonieren. Dazu setzte ich mich auf die Wiese in die Sonne, erzählte ihnen wie schön es hier wäre und sie freuten sich mit mir. Wenn Ralf dann in der Tischlerei fertig war, konnte ich es kaum erwarten ihn zu umarmen und innig zu küssen. Das hat uns dann beide für die Strapazen des Tages entschädigt. Wir waren ein Herz und eine Seele. Ich hätte alles für ihn gemacht und er, so glaubte ich zumindest zu dieser Zeit noch, auch alles für mich.

5

ICH ERWARTE EIN KIND

Die Tage und Wochen vergingen und wir befanden uns jetzt mitten im Hochsommer. Das war die beste Zeit, um auch mal ein luftiges kurzes Sommerkleid zu tragen, denn anders war es in der Hitze nicht mehr auszuhalten. Als Ralf zum Mittagessen aus der Werkstatt kam und ich gerade beim Tischdecken auf dem Balkon war, trat er von hinten an mich heran, umfasste meine Hüfte mit seinen Händen und flüsterte mir ins Ohr: „Du siehst aber scharf aus mit deinem kurzen Kleid, da könnte man glatt auf andere Gedanken kommen". Ich genoss diesen Augenblick der Begierde, drehte mich etwas zu ihm um und erwiderte in einer leicht lasziven Tonlage: „Wenn du schön aufgegessen hast, gibt es sicher noch einen Nachtisch". In seinem Gesichtsausdruck konnte ich sehen, dass er mit dieser Reaktion nicht gerechnet hatte und ich musste innerlich schmunzeln. Ralf sagte mir später, dass er nach dem Essen noch einen Kundentermin hätte und heute bei der Hitze auch nur bis zum Nachmittag arbeiten würde. Ich freute mich darüber, da wir so wieder etwas mehr Zeit miteinander verbringen konnten.

Eine Stunde nachdem Ralf gegangen war, fing ich an Vorbereitungen für das spätere Kaffeetrinken zu treffen. Anschließend suchte ich mir im Garten ein schattiges Plätzchen, nahm mir ein Buch mit und verbrachte dort die restliche Zeit bis zum Nachmittag. Nachdem ich es mir bequem gemacht und schon ein paar Seiten gelesen hatte, kam Ralfs Vater Martin vorbei. Er verweilte nur kurz, um mich zu begrüßen. Dabei entging mir sein Blick auf das knappe Sommerkleid und die kaum bedeckten langen Beine nicht. Der Anblick schien auch ihm zu gefallen und er konnte es sich nicht verkneifen zu sagen: „So attraktive Frauen haben hier noch nie im Garten gelegen." Ich fasste das als Kompliment auf und dachte mir nur, hoffentlich hört das nicht seine Frau. Martin drehte sich um und sagte noch im Gehen: „Wenn du mal Hilfe brauchst, musst du nur etwas sagen."

Endlich kam Ralf von seinem Kundentermin zurück und war auch völlig durchschwitzt von dieser unerträglichen Hitze. Er sank in den Gartenstuhl, der neben dem schon gedeckten Kaffeetisch stand und war einfach nur kaputt. „Erhol dich erstmal", sagte ich zu ihm und ergänzte: „Ich hole nur noch die Erdbeertorte und dann kannst du dich stärken." Trotz des kurzen luftigen Sommerkleides lief der Schweiß an mir herunter und ich deutete Ralf an, dass es schön wäre, wenn wir hier ein kleines Erfrischungsbecken hätten. Ralf sagte darauf schmunzelnd zu mir: „Zu den Kois kannst du ja auch nicht gehen, die streiten sich dann nur um die Meerjungfrau." Es dauert keine zwei Tage, da stellte Ralf auf der Wiese hinter der neuen Werkstatt einen Pool mit vier Metern Durchmesser auf. Ich war begeistert und überrascht zugleich. Das hätte ich nicht erwartet in der Kürze der Zeit.

Seine Eltern staunten auch nicht schlecht, als sie den Pool sahen. Ralfs Vater sagte zu mir: „Der Ralf muss dich ja lieben, dass du so einen großen Pool hingestellt bekommen hast." „Er sagte uns, dass du dir einen gewünscht hast." Dabei zwinkerte er mich an. Mutter Hilde sagte: „Musste es so ein großer Pool sein?", „Lohnt sich das viele Wasser? Ja, der Ralf hört nur noch auf dich und meine Wünsche werden mir nicht so schnell erfüllt." Martin nahm Hilde an der Hand, zog sie zu sich ran und sagte: „Jetzt tu nicht so und gönn den Beiden doch ihr Glück. Wir gehen dafür heute Abend in unseren Whirlpool und gönnen uns eine Flasche Sekt mein Schatz". Sie erwiderte: „Dies ist eine gute Idee, das haben wir schon lange nicht mehr gemacht."

In den nächsten Wochen nutzten wir den Pool sehr oft, da es ein ausgesprochen langer und heißer Sommer war. Wenn die Sonne gegen Abend ihre Kraft verloren hatte, bereitete Ralf öfter ein Lagerfeuer vor und wir genossen die lauen Sommernächte im Schein der Flammen und tranken ein Gläschen Wein. Das waren richtig romantische Momente, die uns noch mehr miteinander verbanden.

Es neigte sich wieder eine Woche dem Ende entgegen und Ralf wollte am Wochenende den Rasen mähen. Ich bot ihm an das zu übernehmen, um ihn etwas zu entlasten. Ich hatte ja auch schon öfters den Rasen bei meiner Mutter im Garten gemäht. Ralf sah nicht wirklich begeistert aus von meiner Idee und meinte das wäre Männerarbeit. Schließlich würden seine Mutter und Schwester solche Arbeiten auch nicht machen. Ich ließ aber nicht locker und bestand darauf, da ich auch mal wie Ralf mit dem Rasentraktor fahren wollte. Ralf meinte, dass der Umgang mit so einem Fahrzeug viel schwieriger sei als die Benutzung eines kleinen Rasenmähers, und dass dabei viele Dinge beachtet werden müssten. Ich schaute ihn mit großen Augen an und klimperte dabei übertrieben mit den Wimpern. Da konnte er nicht anders und erklärte mir dann doch, wie man mit dem Rasentraktor umzugehen hatte. Nach seiner Einführung, die mir viel zu lang vorkam, setzte er ihn endlich in Gang und ich fuhr hinter die Werkstatt auf die Wiese. Während Ralf die für den Traktor unzugänglichen Ecken mit dem Handrasenmäher nacharbeitete, mähte ich die weite Fläche von Außen nach Innen im Kreis. Es machte mir Spaß und es kam mir auch nicht schwer oder anstrengend vor. Nach der dritten Runde mit dem Traktor kam Ralf zu mir und rief irgendetwas, was ich aber durch den

Gehörschutz nicht verstand. Ich machte den Mäher aus, um zu hören was er mir sagen wollte. „Du mähst falsch Nicole", sagte er. Ich war eigentlich stolz auf mich selbst, dass der Rasen abgemäht war und Ralf meinte, ich mähe falsch. Das verstand ich nicht, der Rasen war doch kurz, also gemäht! Er erklärte mir, dass ich erst in die eine Richtung mähen musste und dann in die andere, damit der Rasen optisch mehr hermachte. Ich mähte jetzt also nach Ralfs Anweisung und tatsächlich sah der Rasen danach besser aus. Der Sommer neigte sich dem Ende zu und es begann langsam die herbstliche Zeit. Es war herrlich mit anzusehen, zu was für Farbenspielen die Natur doch im Stande war. Die Blätter fingen an in den verschiedensten Farben zu leuchten, die Tage wurden kürzer und die Nächte auch langsam etwas kühler. Eines Morgens stand ich auf und fühlte mich total unwohl und schaffte es gerade noch so ins Bad, wo ich mich auch gleich übergeben musste. Ich rief auf Arbeit an und meldete mich krank, da es mir in diesem Zustand unmöglich war in die Stadt zu fahren.

Als es mir gegen Mittag etwas besser ging, machte ich mich auf den Weg zu meiner Hausärztin, um mich mal untersuchen zu lassen. Kaum war ich dort angekommen, da wurde es mir auch schon wieder schlecht und ich musste erneut die Toiletten aufsuchen. Nach schier unendlich langem Warten kam ich dann endlich dran und ich schilderte der Ärztin meine Symptome. Sie untersuchte mich gründlich und fragte mich dann, ob ich eventuell schwanger sein könnte? Daran hatte ich noch nicht gedacht, obwohl meine Regel überfällig war. Sie schrieb mich erstmal krank und überwies mich zum Frauenarzt, um das dort abklären zu lassen. Ich rief beim Frauenarzt an und bekam auch gleich einen Termin für den nächsten Tag zur Untersuchung. Auf dem Nachhauseweg besorgte ich mir noch einen Schwangerschaftstest in der Apotheke. Zu Hause angekommen machte ich den Test und er signalisierte mir, dass ich schwanger war. Ralf sagte ich von dem Verdacht noch nichts, da ich erst ganz sicher sein wollte, bevor ich es ihm mitteilte.

Die Nacht schlief ich nicht besonders gut, da mir so viele Gedanken durch den Kopf gingen. Wenn ich jetzt wirklich schwanger war, dann würde sich vieles ändern. Am nächsten Morgen ging ich voller Spannung zu meiner Frauenärztin und war sehr aufgeregt, was nun dabei herauskommen würde. Ich erzählte ihr, wie es mir die letzten Tage ging und berichtete ihr auch von dem gestrigen Schwangerschaftstest. Sie untersuchte mich mit einem Ultraschallgerät und hatte plötzlich ein Lächeln im Gesicht. Da wusste ich, ohne dass sie ein Wort gesagt hatte, dass ich wirklich schwanger war. Sie erklärte mir darauf, dass ich in der sechsten Woche war, und sie zeigte mir den Bildschirm des Ultraschallgerätes, auf welchem der Herzschlag des Kindes zu sehen war. Ich konnte es kaum fassen - jetzt würde sich vieles ändern und ein neuer Lebensabschnitt würde für mich beginnen.

Ich rief sofort Ralf an und sagte ihm, dass wir ein Kind erwarteten und bald Eltern sein würden. Er war überglücklich am Telefon und sagte gleich, dass ich mich jetzt schonen müsse und nicht mehr schwer heben dürfe. Am Abend klingelte es bei mir und als ich die Tür öffnete, stand da Ralf mit einem riesengroßen Strauß voller roter Rosen. Wir fielen uns in die Arme, küssten uns und waren beide überglücklich. Endlich können wir unsere eigene kleine Familie gründen.

6

HILDE

Ich wusste, dass mein Mann mich betrog. Das fing schon sehr bald an, nachdem wir geheiratet hatten. Ich kümmerte mich um unsere Tochter und unseren Sohn, und Martin war sehr häufig auf Kundenbesuchen, wo es wohl nicht nur um Möbel ging. Und nicht nur tagsüber, sondern auch spät Abends. Er roch dann anders, und er benahm sich anders. Eine Frau konnte so etwas fühlen. Warum ich dann bei ihm blieb? Nun ja, er behandelte mich nicht schlecht, und er kümmerte sich um unsere Kinder. Nicht, als sie klein waren, dass war nicht so seine Sache. Aber später dann doch. Anja zumindest, bis sie geheiratet hatte, und unser Sohn Ralf und er verstanden sich gut, weil sie zusammen im Betrieb arbeiteten und dabei gut harmonierten.

Unser Sohn war alles für mich. Er war ein guter Junge. Und später dann das wichtigste, was Martin und ich gemeinsam hatten. Was Martin in den Abenden außer Haus machte, war mir später nicht mehr so wichtig, hauptsache Ralf war in unserer Nähe und ich konnte in seinem Leben den Platz einnehmen, der mir zustand. Dass wir in einem Hof etwas abseits des Ortes wohnten, machte es einfacher, die Familie zusammenzuhalten. Und dass Martin mit seiner Tischlerei recht erfolgreich war und es uns finanziell an nichts mangelte, setzte dem Ganzen noch das i-Tüpfelchen auf.

Das Ralf nicht für immer allein bei uns bleiben konnte und ich eines Tages meine Stellung mit einer Frau an Ralfs Seite teilen musste, war mir schon klar. Aber wir hatten genug Platz im Hof, so dass er mit einer Familie, die er dann haben würde, hierbleiben konnte. Und wen Ralf da so mit nach Hause brachte, da hatte ich auch noch ein Wörtchen mitzureden. Diese Carla zum Beispiel, die er kennenlernte, als er noch Schüler war, passte überhaupt nicht zu uns. Dagegen musste ich etwas unternehmen, obwohl ich Ralf damit sicherlich ein bisschen weh tat. Es musste sein, die hätte es sonst glatt fertiggebracht, mir Ralf wegzunehmen. Warum genau dann Carla sich von Ralf trennte, musste er nicht wissen. Entscheidend war, dass ich mich weiter um ihn kümmern konnte.

Ein paar Jahre nach dieser Geschichte mit Carla spielten Frauen keine besondere Rolle in Ralfs Leben.

Ralf wurde älter, und er wuchs in unseren Tischlerei-
betrieb hinein. Es stellte sich bald heraus, dass Ralf
recht begabt im Umgang mit Holz war. Durch die enge
Zusammenarbeit mit seinem Vater, und auch durch
die vielen Annehmlichkeiten, die das Leben in unserem Hof Ralf zu bieten hatte, wurde ein Wegzug meines Sohns immer unwahrscheinlicher.

Eines Tages erzählte mir Ralf, dass er über eine
Internetplattform jemanden kennengelernt hatte. Sie
hieß Nicole, kam aus der Stadt und Ralf war Feuer und
Flamme für sie. Mit diesen Internetsachen kannte ich
mich nicht aus, daher wusste ich nicht, wie ich damit umzugehen hatte. Tatsächlich dauerte es Wochen,
bis Ralf und diese Nicole sich im wirklichen Leben
trafen. Als es zu einem solchen Treffen kam, schien
Ralf keineswegs enttäuscht gewesen zu sein. Diese Nicole musste eine hübsche Frau sein. Nun ja, Mutter
muss sie sich auch einmal anschauen, nur um zu sehen, dass die auch passt, zu meinem Ralf.

Zu dieser Zeit wusste ich, dass Ralf im Zweifelsfall
eher auf mich hören würde als auf irgendeine Nicole. Also sollte er es eben mal ausprobieren - wenn das
schiefgehen sollte, würden wir die schon wieder los-
werden.

Glaubt ihr wirklich, dass ihr wisst, wer
ich bin?
Eisig fließe ich durch die Poren der Zeit,
Und selbst die Sonne gefriert.
Rufen könnt ihr, aber sagen nichts,

Denn ich wachse in euch selber,
Und euer Herz ist mein kaltes Schild.

Glaubt ihr wirklich, dass ihr mir wi-
dersteht?
Blendend glüht mein Blut in euren Adern,
Und die Sterne vergehen in der Nacht.
Was einst thronte über euren Häuptern,
Versinkt im Meer der Dunkelheit.
Eure Schuld mich nährt,
Und eure Freude jäh versiegt.

Gehet nun, singt erneut die Lieder,
Die ihr einst gelernt vom Wind.
Lernt erneut, das Licht zu sehen,
Das in alten Zeiten euch geleuchtet.
Denn vielleicht, wenn die Zeit erlischt,
Kommt ihr zurück dorthin,
Wo ihr den Anfang nahmt,
Und dann ist es gut,
Und ich kann schlafen.
Und singe dann mein eigenes Lied.

7

EINE WOHNUNG FÜR DREI

In den darauffolgenden Wochen kündigte ich die hübsche Singlewohnung in meiner Stadt. Wir beschlossen zusammen, dass ich zu ihm in den Hof seiner Familie ziehen und wir dort unser Leben als kleine Familie bestreiten wollten. Der Tag des Umzuges war gekommen und pünktlich um 08:00 Uhr standen zwei meiner besten Freundinnen vor der Tür, um uns beim Umzug zu helfen. Nele und Sonja hießen sie und wir kannten uns schon seit der Kindergartenzeit. Kurze Zeit später klingelte es erneut und meine Mutter stand mit einer vollgepackten Tasche vor meiner Wohnungstür, um mit beim Umzug zu helfen. Für den kleinen Hunger hatte sie eine große volle Schüssel mit ihren leckerem selbstgemachten Kartoffelsalat mitgebracht und frische Wiener beim Fleischer geholt.

Ralf und ich hatten schon einige Tage vorher Umzugskartons gepackt, damit am Umzugstag alles etwas schneller gehen konnte. So ein Frauenhaushalt kann sehr umfangreich sein, und das war meiner! Zwei Kisten waren schon allein mit meinen Schuhen gefüllt. Typisch Frau - bemerkte Ralf lächelnd. Ein Karton nach dem anderen füllte sich mit meiner Kleidung, diversen Küchenutensilien, Kosmetik und natürlich nicht zu vergessen der Wohnungsdekoration. Von der Lampe bis zum Streichholz war bei mir alles perfekt aufeinander abgestimmt.

Ralf war über und über besorgt um mich, dass ich nicht zu viel und zu schwer hebte. Jeden einzelnen Karton trug er zusammen mit Nele, Sonja und meiner Mutter sorgsam die Treppen herunter. Ich staunte, wie schnell der Transporter von Ralf voll war und noch immer standen jede Menge Kartons in der Wohnung. Also fuhr Ralf erstmal mit der ersten Ladung los Richtung neue Heimat, um dort mit seinem Vater die Sachen auszuräumen. Nele, Sonja und ich blieben in der Wohnung und bereiteten in der Zwischenzeit eine kleine Brotzeit vor, damit wir uns dann alle gemeinsam für die letzte anstrengende Etappe stärken könnten. Nach etwa zwei Stunden kam Ralf dann endlich zurück und wir konnten nach der kleinen Stärkung noch die restlichen verbliebenen Sachen einladen. Das ging dann auch etwas schneller, da mittlerweile alle aufeinander eingespielt waren. Trotzdem war es nun schon später Nachmittag, als das letzte Teil im Transporter verstaut war. Wir waren so alle am Ende unserer Kräfte, aber froh doch alles geschafft zu haben. Meine Mutter musste dann wegen eines Termins gehen, und kurze Zeit später verabschiedeten Ralf und ich auch Nele und Sonja. Wir bedankten uns für ihre tatkräftige Unterstützung und luden Sie als Dankeschön zu unserer Einzugsfeier ein.

Anschließend fuhren wir noch zu Ralf, um dort mit Hilfe seines Vaters den Rest auszuladen. Mittlerweile war es draußen schon dunkel geworden und wir sehnten uns nur noch nach einem Bett, worin wir auch gleich eng umschlungen einschliefen.

Der nächste Morgen erwachte und wir begannen nach einem ausgiebigen Frühstück mit dem Sortieren und Einräumen meiner Sachen. Da Ralf kaum etwas in seinen Schränken hatte - typisch Mann dachte ich - konnten wir vieles von mir gleich einräumen. Innerhalb kurzer Zeit nahm die Wohnung Gestalt an und erfüllte sich mit Leben und Gemütlichkeit. Ich war stolz wie vollkommen die Wohnung nun aussah und freute mich zusammen mit Ralf über unser gemeinsames Nest. Die restlichen Dinge, die wir nicht benötigten oder doppelt waren, lagerten wir in Kartons auf dem Zwischenboden ein.

Mittlerweile waren zwei Wochen vergangen und für das kommende Wochenende war die Einzugsparty geplant. Wir luden Ralfs Familie, meine Mutter Sabine mit ihrem Lebensgefährten Christian und natürlich Nele und Sonja ein. Alle kamen hocherfreut und beglückwünschten uns zu der neu eingerichteten Wohnung. Als erstes machten wir einen Rundgang durch die Wohnung und alle bestaunten die geschmackvoll eingerichteten Räume. Danach platzierten sich alle Gäste an einem großen ovalen Tisch im Wohnzimmer und waren von dem reichlich gedeckten Kuchenbuffet begeistert. Es gab verschiedene selbstgemachte Kuchen und eine Schokoladentorte nach dem Rezept meiner Oma Irm. Diese erwies sich als der Renner unter den aufgetischten Sachen und war ruckzuck alle.

Meine Freundin Nele sagte lächelnd zu mir: „Zum Glück ist die Kalorienbombe schon alle, sonst hätte ich beim zweiten Stück ein schlechtes Gewissen bekommen!" Ich antwortete: „Heute denken wir mal nicht an unsere Figuren, sondern genießen einfach das gute Essen." Sonja grinste mich an und sagte: „Du hast gut reden, dir wächst ja sowieso ein Kullerbauch!"

Ralf, der rechts von mir saß, wurde von seiner Schwester Anja in den Arm genommen und sie sagte zu ihm: „Jetzt sieht deine Wohnung vollkommen aus, aber glaube nicht, dass sie so ordentlich bleibt, wenn dann euer kleiner Hosenscheißer durch die Wohnung rutscht." Dann sieht es so aus, und sie zeigte auf ihre Tochter Paula, die auf dem Parkettfußboden saß und sich genüsslich einen Schokoladenkeks in den Mund steckte und mit der anderen Hand ein abgebrochenes Stück auf den Boden verschmierte. Ralf konnte nicht anders und spurtete in die Küche, um einen Lappen zum Aufwischen der Krümel auf dem Fußboden und einen zweiten zum Abwischen von Paulas Händen zu holen. Ralfs Vater Martin sprang seinem Sohn zur Seite, nahm Paula hoch und ging mit ihr ins Bad, um sie auch richtig von noch so kleinen Schokokekskrümeln zu befreien. Nachdem dieser kleine Notfall überstanden war, widmeten sich alle wieder den gegenseitigen Gesprächen. Wir verbrachten alle eine angenehme und harmonische Feier, die sich bis in die Abendstunden hinzog.

In den nächsten Tagen plagten mich immer wieder Rückenschmerzen und ich fragte mich, ob diese von dem vielen Stress des Umzuges oder von der Schwangerschaft kamen? Als dann noch der Umstand dazukam, dass das Essen auch nicht immer drin bleiben wollte, war mir klar, dass es fast nur von der Schwangerschaft kommen konnte. Schließlich war ich ja schon im vierten Monat.

Heute brachte Ralf Kataloge von Kindermöbeln aus dem Büro mit hoch in unsere Wohnung. „Komm wir stöbern mal die Kataloge durch, vielleicht gefällt dir etwas", meinte er. Wir müssten ja langsam mal anfangen uns Gedanken zu machen, damit er dann den Plan zur Bestellung der Holzplatten fertig machen könne. Ich setzte mich also auf die Couch und schaute die Kataloge durch, aber es entsprach nichts so wirklich meinen Vorstellungen. Also holte ich ein Blatt Papier und einen Stift, um meine Vorstellungen von Kinderzimmermöbeln aufzuzeichnen. Ich zeichnete einfach freihändig mit ein paar Strichen den Schrank, das Kinderbettchen und die Kommode. Als ich Ralf meine leidlich kunstvollen Entwürfe zeigte, musste er laut lachen und fragte ironisch, ob er die krummen Bögen auch mit einarbeiten soll? Das würde aber sehr schwierig werden! Daraufhin mussten wir beide über mein Kunstwerk herzhaft lachen.

Er verschwand in sein Büro und kam kurze Zeit später mit einem Reißbrett, Papier, Stift und Lineal bewaffnet wieder, setzte sich an den Couchtisch und fing an zu konstruieren. Dabei setzte er meine Krakelei sehr professionell in ein Konstruktionsbild um. Als er fertig war und ich einen Blick darauf warf, konnte ich nicht mehr an mich halten. „Wow, das sieht hammermäßig aus", entfuhr es mir. Ich fiel ihm von hinten um den Hals und drückte vor Freude meine Arme ganz fest um ihn. In meiner Euphorie bemerkte ich gar nicht, wie fest ich zugedrückt hatte. Als von ihm nur noch ein leises: „Schatz ersticke mich nicht, ich muss noch Möbel bauen" kam, wurde mir dies erst klar. „Sorry, ich habe mich so darüber gefreut", sagte ich zu Ralf und gab ihm einen innigen Kuss. „So jetzt brauchst du mir nur noch deine Wunschfarben zu sagen und dann steht den neuen Möbeln nichts mehr im Wege. Ich zeig dir morgen mal ein paar Holzplatten, die ich mir gut für die Verarbeitung vorstellen könnte. Vielleicht gefallen sie dir auch? Was möchtest du denn für Griffe an den Möbeln haben?" Ich zeigte mit dem rechten Zeigefinger auf meinen kunstvollen Entwurf. „So wie diese", sagte ich. Er schaute mich an und wir mussten beide wieder lachen.

Ralf huschte nochmal schnell in sein Büro und brachte von dort einen Katalog nur für Türgriffe mit. „Hier kannst du dir ein Modell heraussuchen, was deinem Entwurf am nächsten kommt", sagte er lächelnd zu mir. Ich blätterte ihn auf die Schnelle durch. Tausende Türgriffe waren da zu sehen. Ich schloss den Katalog schnell wieder, da ich schlicht überfordert war mit der Vielfalt. „Komm Schatz, ich weiß etwas Besseres, als Kataloge zu wälzen. Du hattest heute auch einen anstrengenden Tag und brauchst sicher etwas Entspannung." Und ich warf ihm einen unwiderstehlichen Blick Richtung Schlafzimmer zu.

8

MACH DOCH NICHT SO EIN THEATER!

Seit mehreren Tagen hatte ich immer mal wieder Schmerzen im Bauch. Ich dachte mir erstmal nichts dabei und schob es auf die Schwangerschaft. Als wir am Wochenende bei Ralfs Eltern am Kaffeetisch saßen, wurden die Schmerzen auf einmal stärker, so dass ich mich etwas zusammen krampfte um den Schmerz erträglicher zu machen. Hilde fragte mich in besorgtem Ton, was ich denn hätte. Ich erzählte, dass mir seit mehreren Tagen der Bauch besonders auf der rechten Seite schmerzte. „Das ist nicht weiter schlimm, Anja hatte genau die gleichen Schmerzen in der Schwangerschaft", erwiderte Hilde. Nur ein Satz war das von Hilde. Wenn man sich mit einem Boot einen Fluss hinunter treiben lies und der Sturz in einen Wasserfall stand kurz bevor, musste es genau einen Punkt geben, genau eine Millisekunde, wo es noch die Möglichkeit der Umkehr gab. Einen Zentimeter weiter und man konnte nichts mehr tun, um den Sturz aufzuhalten. Einen Augenblick später, und die Wassermassen mussten einen unausweichlich mit in die Tiefe reißen. Das tückische war, dass es keine Markierung gab - man sah diesen letzten Punkt einer möglichen Umkehr nicht, und man konnte den Augenblick zwischen einem sicheren Rückweg und dem Unausweichlichen nicht erfühlen. Hildes Besorgnis war gespielt - im Grunde waren ihr meine Schmerzen egal. Diese kurze Bemerkung von ihr war jenseits eines Umkehrpunktes. Leider gab es auch hier keine Markierung. Hätte ich nur bemerkt, in welche Richtung das noch gehen sollte, dann hätte es vielleicht auch eine Möglichkeit gegeben, zu vermeiden, was noch auf mich zukommen sollte. In diesem Moment tat ich das noch als unpassende, vielleicht etwas anmaßende Beurteilung von Hilde ab. Etwas worüber man sich ärgerte, das man aber ansonsten nicht großartig weiter verfolgte. Dass Hilde an diesem Punkt bereits beschlossen hatte, mich loszuwerden, konnte ich noch nicht erahnen. Und erst recht nicht war abzusehen, dass auch das Verhältnis zwischen Ralf und mir in eine unheilvolle Richtung gehen könnte.

Ich sagte also nichts zu Hildes Bemerkung. Allerdings war mir der Appetit vergangen und nur um des lieben Friedens Willen trank ich noch meinen Pfefferminztee aus, lies ansonsten aber Kuchen und Gebäck stehen. Auch hielt ich mich bei Gesprächen zurück und hoffte, dass wir bald gehen würden. Mit der letzten Kuchengabel, die Ralf genüsslich zum Mund führte, stupste ich ihn leicht mit dem Fuß unter dem Tisch an und flüsterte ihm ins Ohr: „Mir geht es immer noch nicht besser, lass uns aufbrechen!" Ralf verstand mich und trank noch schnell seinen Kaffee aus. „Seid uns nicht böse, aber wir müssen jetzt los. Nicole muss sich hinlegen, wegen der Schmerzen." Daraufhin verabschiedeten wir uns noch und auf dem Weg zu unserer Wohnung hakte ich mich in Ralfs Arm ein.

Dort angekommen legte ich mich gleich auf die Couch und dankte ihm nochmal für sein Verständnis. „Das mache ich doch gerne für dich mein Schatz", erwiderte er und reichte mir sogleich eine fertig gefüllte Wärmflasche. Ich hatte schon vor der Schwangerschaft immer mal Schmerzen und ein Ziehen in der rechten Seite, welche von einer leichten Blinddarmreizung kamen. Daher war ich mir unsicher, ob ich den Bauch lieber wärmen oder kühlen sollte. Ich rollte mich also auf der Couch in der Embryonalstellung in eine mollige Decke ein und hoffte die Schmerzen würden irgendwann nachlassen. Aber sie wurden über Nacht nicht besser. Ich machte mir so meine Gedanken, was es alles sein könnte und beschloss gleich morgen einen Arzt aufzusuchen, um kein Risiko für unser Kind einzugehen. Es war Wochenende und die Schmerzen wurden nicht weniger, eher schlimmer.

Immer wieder bekam ich Bauchkrämpfe und hatte
dieses Ziehen in der rechten Seite. Ralf konnte genau
wie ich kein Auge zu machen. Er kam in regelmäßigen Abständen zu mir und fragte, ob es mir besser ginge und er etwas für mich tun könne. Ich sagte ihm,
wenn es morgen früh nicht besser wäre, würden wir
ins Krankenhaus fahren müssen. Am nächsten Morgen, wir waren beide wie gerädert von der schlaflosen
Nacht, frühstückten noch schnell und machten uns danach auf den Weg zum Krankenhaus.

Wir gingen noch zu Ralfs Eltern um ihnen zu sagen, dass wir jetzt doch in eine Klinik fahren wollten,
um dort die Schmerzen abklären zu lassen. Ralfs Vater Martin öffnete uns die Tür und schaute uns verdutzt an. „Was verschlägt euch so zeitig hierher", fragte er. Ralf sagte: „Wir fahren jetzt ins Krankenhaus,
da es Nicole nicht besser geht". Martin sagte darauf:
„Das macht ihr richtig, wenn man nicht weiß wo es
herkommt." Als wir ins Auto stiegen, kam Hilde und
fragte uns wo wir hin wollten. Ralf erwiderte nur kurz:
„Zum Arzt, Nicole geht es nicht besser, wir wollen das
lieber untersuchen lassen." Darauf kam ein: „Wollt ihr
deshalb zum Arzt, das sind doch normale Schwanger-
schaftsnebenerscheinungen". „Die Geburt tut dann
auch weh. So schön wie es rein geht, kommt das Kind
nicht wieder raus". In Hildes unnachahmlicher Art
kam dann noch ein: „Aber ihr werdet schon das Richtige machen, ich will mich da nicht einmischen".

Auf dem Weg ins Krankenhaus hatte ich riesige
Angst vor dem, was eventuell festgestellt werden könn-

te. Mir schwebten beunruhigende Gedanken im Kopf herum, da ich ja im fünften Monat bin und eine Frühgeburt für unser Kind nicht gut wäre. Ich bemerkte, dass Ralf genau wie ich angespannt war, aber wir hatten nur noch fünf Minuten zu fahren. Am Krankenhaus angekommen half Ralf mir beim Aussteigen. Er umarmte mich, gab mir einen Kuss und sagte: „Wir schaffen das, es wird schon nicht so schlimm sein". Ich drückte ihn fest an mich und nahm seine Hand, die mich sogleich mit Wärme erfüllte.

An der Anmeldung schilderte ich kurz mein Problem und die Schwester ließ uns im Wartezimmer Platz nehmen. Es war nicht sehr voll und daher wurden wir schon nach einer knappen Stunde aufgerufen. Die Ärztin bat uns in ihr Sprechzimmer herein. Ich erzählte ihr von den Schmerzen und dem Ziehen in der rechten Seite. Sie sagte: „Dann machen Sie mal bitte den Bauch frei, damit ich sie abtasten kann!". Sie drückte mal hier und mal dort, um das eventuelle Schmerzzentrum zu finden. Sie meinte dann noch: „Wir machen jetzt erstmal noch ein Ultraschall, bevor ich sie eventuell zum MRT schicke."

Nach der Ultraschalluntersuchung, wobei Ralf mir nicht von der Seite wich, sagte sie zu uns, dass es unserem Kind soweit gut ginge. Sie konnte uns aber nicht sagen, woher der abrupte Schmerz kam. Die Ärztin schlug uns deshalb vor, noch ein MRT machen zu lassen, aber ohne Kontrastmittel wegen der Schwangerschaft. Mir war zwar etwas mulmig dabei, aber schließlich willigten wir ein. Sie rief in der anderen Abteilung an und erkundigte sich nach einem freien Termin. Wir hatten Glück und wurden gleich zwei Etagen höher zum MRT geschickt. Dort musste ich noch die Einwilligungserklärung ausfüllen und wurde ausführlich über die Risiken aufgeklärt.

Dann ging es auch schon los und ich wurde in einen großen Raum gebracht, wo das MRT-Gerät stand. Ich war von dessen Größe beeindruckt. Auch dort fragte ich nochmal nach, ob das alles unbedenklich für unser Kind war. Der Arzt beruhigte mich und bestätigte die Richtigkeit der Aussage der Ärztin. Ich legte mich auf eine Liege, welche dann in das MRT-Gerät hinein fuhr. Es war sehr eng in dem Gerät und in der rechten Hand hielt ich den Panikknopf, falls etwas sein sollte. Über Kopfhörer war ich mit dem Arzt verbunden. Dabei erklärte er mir, dass ich jetzt bildlich in Streifen geschnitten würde und gab Anweisungen, wie ich Atmen sollte. „Luft anhalten, ausatmen, anhalten, ausatmen", hörte ich immer wieder durch die Kopfhörer. Nach einer Weile sagte er zu mir: „So sie haben es geschafft, ich mache nur noch den Befund fertig."

Er fragte dann noch: „Wissen sie schon was es wird?". „Nein", antwortete ich. „Wollen sie wissen was es wird, wir haben es genau gesehen?". Natürlich wollte ich es wissen, rief ich voller Ungeduld. „Es wird zu 100 Prozent ein Junge", erwiderte der Arzt. Im selben Augenblick fuhr die Liegefläche wieder aus der Röhre heraus.

Als ich die Tür zum Wartezimmer öffnete, sah ich Ralf direkt gegenüber sitzen. „Es wird ein Junge", rief ich ihm freudig zu. Er war total aus dem Häuschen und sah überglücklich aus. Wir machten uns wieder auf den Weg zu der zwei Etagen tiefer liegenden Station, wo wir erneut im Wartebereich Platz nahmen. Nach kurzer Zeit wurden wir durch eine Schwester aufgerufen und von dieser in das Ärztezimmer gebracht. Als wir eintraten, las sich die Ärztin gerade den MRT-Befund durch. Wir setzten uns beide hin und schon widmete die Ärztin uns ihre volle Aufmerksamkeit. „Also wir haben bei der Untersuchung nichts besonders Auffälliges finden können, aber Sie haben eine gutartige Zyste, die bei der Schwangerschaft auch mitwachsen und damit Schmerzen verursachen könnte. Dies ist nicht weiter schlimm, sollte aber von ihrem Frauenarzt immer mit kontrolliert werden". Mir fiel ein Stein vom Herzen, dass mit unserem Kind alles in Ordnung war und auch bei mir nichts Schlimmes gefunden wurde. Als ich zu Ralf blickte, verspürte ich, dass auch ihm eine Last von den Schultern gefallen war. Überglücklich machten wir uns auf den Heimweg. Im Auto rief ich meine Mutter an und erzählte ihr die Neuigkeiten. Sie war sehr erleichtert über meinen Anruf. Zuhause angekommen trafen wir Ralfs Eltern in der Werkstatt an. „Und, wie war es im Krankenhaus?", fragte Martin. „Es ist alles in Ordnung mit dem Kind. Nicole hat eine Zyste und muss diese regelmäßig kontrollieren lassen". „Das habe ich euch doch gleich gesagt, dass das nichts Schlimmes ist", rief uns Hilde aus einigen Metern Entfernung zu, „Anja hatte in der Schwangerschaft auch ihre Probleme und hat diese überstanden".

9

EIN HAUS FÜR DEN PRINZEN

Eines Tages brachte Ralf eine große Papierrolle mit in unsere Wohnung hoch und breitete diese auf dem Esstisch aus. Es war ein umfassender Grundstücksplan mit genauen Maßen und Grenzverläufen. Er erklärte mir, wie das Familiengrundstück aufgeteilt ist und welches Flurstück ihm gehörte. „Ich hatte dir ja schon mal gesagt, dass ich irgendwann ein eigenes Haus bauen möchte. Unsere Wohnung wird sicher auf Dauer für uns drei zu klein werden, deshalb wäre jetzt der richtige Zeitpunkt über einen Hausbau nachzudenken." Er zeigte mir, wo unser Haus auf dem Grundstück stehen könnte. „Wollen wir es uns mal draußen anschauen, um eine bessere Vorstellung davon zu bekommen?", fragte er. „Na klar, können wir machen", erwiderte ich total überrascht und aufgeregt. Als wir nach draußen gingen, zeigte Ralf mir den genauen Grenzverlauf und markierte mit ein paar Steinen die Ecken des möglichen Hauses. Mit diesen Abgrenzungen träumten wir von unserem gemeinsamen Haus und schwärmten von den Möglichkeiten, die wir dadurch hätten. Allerdings hatte ich leichte Bedenken, da das Haus unmittelbar neben seinem Elternhaus stehen würde und wir somit sehr dicht nebeneinander wohnen würden. Ralf beruhigte mich und meinte, dass wir noch einen großen Garten haben und die Eingänge auch jeweils in eine andere Richtung gehen würden. Mit diesen Argumenten konnte er meine Zweifel vorerst zerstreuen.

Noch am selben Abend kochten wir wieder zusammen. Es sollte diesmal Kartoffelauflauf geben. Das Glück war mir anzusehen und es machte riesigen Spaß gemeinsam mit Ralf zu kochen. Während er die Kartoffeln schälte und das Gemüse putzte, schnitt ich alles klein. Danach holte ich eine Auflaufform aus dem Küchenschrank und ging mit dem Küchenmesser in der einen Hand und die Auflaufform in der anderen Hand um Ralf herum. Ich warf einen Blick auf seinen knackigen Jeanshintern und pikste ihn mit dem Messer leicht in den Po. Unsere Blicke trafen sich und wir lächelten uns verschmitzt an. Danach gaben wir alles in die Glasform, legten noch Käse drauf und schoben es in den Ofen. Ein letztes Stück Käse steckte er mir liebevoll in den Mund, worauf ich ihm einen Kuss gab. Es war ein himmlisches Miteinander und wir verstanden uns ohne viele Worte.

In den folgenden Tagen sprachen wir des Öfteren mit unseren Familien und Freunden über unser gemeinsames Bauvorhaben. Dabei kam von mehreren Seiten die Frage auf, ob Jung und Alt auf einem Grundstück so ideal wäre? Auch hatte ich Bedenken, dass Ralfs Schwester Anja später auf dem Familiengrundstück eventuell auch noch bauen könnte. Ich fragte Ralf, wie er darüber dachte. Er lachte über meine Gedanken und beruhigte mich zugleich mit den Worten: „Die Beiden sind Stadtmenschen und würden sich nie um ein Eigenheim kümmern wollen, zumal Thorsten zwei linke Hände hat." „Ich denke sie werden immer in der Stadt bleiben, darauf wette ich.'" Ralf nahm mir somit jegliche Zweifel und ich verwarf dann auch den Gedanken, vielleicht auf einem anderen Grundstück etwas entfernter zu bauen. Da das avisierte Grundstück schon als Bauland ausgewiesen war, beschlossen wir jetzt die nächsten Schritte einzuleiten. Wir suchten uns in einer Musterhausausstellung für Fertigteilhäuser unter den vielen Baufirmen die passende aus. Ralf legte dabei besonderen Wert auf Qualität, Kompetenz und den Ruf der Baufirma. Er entschied sich für die seiner Meinung nach beste Firma am Platze, und Geld schien in diesem Moment bei ihm keine Rolle zu spielen. Um keine unnötige Zeit verstreichen zu lassen, machten wir für die nächsten Tage gleich einen Vororttermin mit der Baufirma aus. Wir hatten beide ein gutes Gefühl dabei und sahen uns dem gemeinsamen Ziel ein Stück näher kommen. Gleichwohl wussten wir aber auch, dass ein gewaltiges Stück Arbeit vor uns lag, da wir den kompletten Innenausbau in Eigenregie stemmen wollten. Ralf war davon überzeugt, dass er mit seinem handwerklichem Geschick dies am besten selbst umsetzen konnte. Ich wollte ihn natürlich dabei bestmöglich unterstützen.

Einige Wochen später, ich war schon im achten Monat, kam mich meine Freundin Nele besuchen. Unmittelbar nach der herzlichen Begrüßung ließ sie es sich nicht nehmen, meinen nun doch schon etwas kugelförmigen Bauch zärtlich zu streicheln. Sie fragte mich, ob ich schon die Bewegungen des Kindes spüren könne. „Na klar merke ich schon, wenn sich der Kleine in mir bewegt oder er Schluckauf hat", antwortete ich. Nele war richtig entzückt von meinen Babybauch und sagte darauf zu mir: „Na da leg mal das kleine Kugelmonster frei, damit ich ihn mir mal ganz genau anschauen kann." Das Kind kannst du aber noch nicht sehen, scherzte ich. Sie bestaunte meine Kugel, streichelte immer wieder darüber und suchte vergebens nach Schwangerschaftsstreifen. „Falls ich mal ein Kind bekommen sollte, da möchte ich auch genauso einen Bauch haben", schwärmte Nele. Wir setzten uns auf den Balkon, tranken in der schon kräftigen Frühlingssonne gemeinsam einen Fencheltee und schauten uns dabei die Ultraschallbilder, die ich von der Frauenärztin bekommen habe, an. Sie staunte nicht schlecht, was für schöne detailreiche Bilder des ungeborenen Kindes heutzutage machbar sind.

Plötzlich spürte ich in meinem Bauch Bewegungen. Ich nahm Neles Hand und legte sie vorsichtig auf meinen Bauch. „Kannst du die Bewegungen fühlen?", fragte ich. Im gleichen Moment zuckte ihre Hand zurück. Sie sagte: „Das ist ja ein komisches Gefühl, es hat sich gerade bewegt." „Huhu, hier ist deine Tante Nele. Wer bist denn du? Ich werde dich bald knuddeln, kusseln und herumtragen! Oh, ich freue mich schon wie verrückt auf dich. Wie soll denn der kleine Boxer mal heißen?" Ich holte meine Tasche und zog unsere Namensliste hervor. „Na, dann hör mal zu. Wir favorisieren Simon, Leo, Emil, Paul, Louis, und Oskar". Nele lachte und sagte: „Schöne Namen, dann muss aber sein Ausweis besonders groß sein, damit alle Namen reinpassen." Ich erwiderte lachend: „Du bist ein Spaßvogel, wir können uns einfach nur nicht entscheiden". Nele scherzte: „Na ein paar Tage habt ihr vielleicht noch oder sind es nur noch ein paar Stunden?", und kreiste dabei behutsam mit ihrer Hand über meinen Kullerbauch. Nele ließ ihren Blick durch das Fenster über das Grundstück schweifen und sagte dann: „Hier ist es wunderschön, genau wie im Urlaub." „Aber das du es hier aushältst, so weit ab von jeder Zivilisation und ohne Kontakt zur Außenwelt? Du hast dich im Gegensatz zu früher ganz schön verändert, wo wir doch fast jedes Wochenende unterwegs waren. Nun sitzt du hier wie ein Vogel im goldenen Käfig und machst einen auf Hausmütterchen. Vermisst du nicht den Kontakt zu anderen Menschen?" Ich erwiderte: „Ja ein wenig vermisse ich es schon, aber ich gehe jeden Donnerstag mit Ralf zum Geburtsvorbereitungskurs." „Da habe ich auch ein bisschen Abwechslung und wenn das Kind erst geboren ist, dann kann ich mich auch mit anderen Müttern auf dem Spielplatz treffen oder einfach mit dem Kinderwagen spazieren gehen. Ich freue mich schon über jeden Besuch von dir, meiner Mutter und anderen Freunden. Ohne euch wäre es schon ziemlich einsam hier, aber ich habe ja auch nichts auszustehen." Darauf sagte Nele: „Pass auf, das du dich nicht ganz aufgibst und auch noch Zeit für Dich hast und du dir auch Freiräume schaffst, sonst gehst du daran eines Tages kaputt". Wir gingen raus und ich zeigte ihr das Grundstück. Als wir am Haus von Ralfs Eltern vorbeigingen, sahen wir die Gardine wackeln und bemerkten wie uns Ralfs Mutter Hilde beobachtete. Wir mussten beide lachen. Nele sagte in einem ernsten Ton: „Du bist ja hier voll unter Kontrolle, ob dir das auf Dauer gefallen wird?" Ich lächelte Nele an, empfand es aber nicht weiter als schlimm. Meine Gedanken drehten sich schon wieder um Ralf und was ich meinem Schatz zum Abendessen machen kann. Ich schwebte im siebten Himmel und hatte sprichwörtlich eine rosarote Brille auf.

10

LEO WIRD GEBOREN

Zehn Tage nach dem errechneten Geburtstermin fuhr
Ralf mich früh um neun Uhr zu meiner Hebamme. Sie
machte wieder ein CTG und diesmal zeichnete der Wehenschreiber die ersten leichten Wehen auf. „Ihr Kind
wird in den nächsten 24 Stunden zur Welt kommen.
Fahren sie jetzt in Ruhe nach Hause, holen ihre Sachen
und danach geht es ab ins Krankenhaus." Gesagt getan, fuhren wir wieder nach Hause, um die schon ge-
packte Tasche zu holen. Im Grundstück begegneten
wir Ralfs Eltern. „Wir fahren jetzt gleich in das Krankenhaus, da der Kleine in den nächsten Stunden auf
die Welt kommen soll", sagte ich im Vorbeigehen. Das
wird sicherlich das letzte Mal sein, dass ich mich mit
dieser Kugel die Treppen zur Wohnung hochschleppe,

ging es mir beim hochgehen durch den Kopf. Ich aß und trank noch etwas, während Ralf noch ein paar Sachen einpackte.

Eine Stunde später saßen wir im Auto und waren Richtung Krankenhaus unterwegs. Dort angekommen, wurde ich untersucht und danach ging es auch schon Richtung Kreißsaal. Von nun an wurde ich jede halbe Stunde untersucht, da die Wehen mittlerweile in regelmäßigen Abständen einsetzten. Dies war sehr schmerzhaft und ich dachte mir wie soll ich das nur aushalten. Ralf war die ganze Zeit bei mir und hielt bei jeder Wehe meine Hand. Die Hebamme brachte mich dazu, noch etwas herumzulaufen, damit das Kind weiter Richtung Beckenboden rutschte. Nach ein paar Schritten im Zimmer überkam mich plötzlich ein Gefühl von Unwohlsein und ich schaffte es gerade noch bis zum Papierkorb, in welchen ich mich übergab. Ralf half mir daraufhin zurück zum Bett, worauf ich ganz erschöpft zusammen sackte. Erholen konnte ich mich dort nicht wirklich, denn die nächste Wehe war schon im Anmarsch. Gegen Mitternacht war es kaum noch zu ertragen, da die Abstände immer kürzer und die Schmerzen immer größer wurden. Eine Ärztin und eine Hebamme redeten mir gut zu und sagten ich solle noch nicht pressen. Wieder kam eine kräftige langanhaltende Wehe. Ich fragte mich, wann der Horror endlich vorbei sein würde.

In mir machte sich Panik breit, weil ich nicht wusste, ob ich alles richtig machte. „Atmen Sie, ruhig weiter atmen", hörte ich die Hebamme sagen. Ich befand

mich wie in einer anderen Welt und nahm alles um
mich herum nur noch halb wahr. Ralf hielt mir währenddessen beruhigend die Hand und sagte immer
wieder, dass ich alles sehr gut machte. So richtig bewusst wahr nahm ich das zu diesem schmerzhaften
Zeitpunkt jedoch nicht. Ich dachte mein Bauch würde jeden Augenblick zerreißen, aber der Wille, unser
Kind zu gebären überwog. In diesen Moment hörte
ich, dass das Köpfchen des Kindes schon etwas zu sehen war. Das gab mir nochmal etwas Kraft, obwohl
ich schon total fertig war. Ich hatte mir eine Geburt
leichter vorgestellt. Bei der nächsten Wehe musste es
kommen, dachte ich. Ich mobilisierte meine allerletz-
ten Kräfte und presste unter den fordernden Worten
der Hebamme noch einmal kräftig. Die Schmerzen
waren barbarisch und ich spürte eine Art Explosion im
Unterleib. „Herzlichen Glückwunsch, sie haben einen
hübschen kleinen Jungen zur Welt gebracht", hörte ich
dann wie durch einen Nebel.

Ein Blick auf die Uhr im Kreißsaal zeigte mir, dass
es kurz nach ein Uhr Morgens war. Ich war überglücklich, aber noch total erschöpft von dem Geburtsmara-
thon. Ralf durfte jetzt die Nabelschnur durchschnei-
den. Die Hebamme klopfte ihm auf die Schulter und
meinte, dass seine Hand ganz schön zitterte, er aber
stolz auf seinen gesunden Sohn sein konnte. Dann
legte sie mir den kleinen Nackedei auf meine Brust
und die Schmerzen fühlten sich sofort nicht mehr so
schlimm an. Da lag er nun unser kleiner Junge, zwar
noch etwas zerknittert, aber schon mit so vielen lan-

gen schwarzen Haaren auf dem Kopf und er sah wunderschön aus. So kleine Händchen, das niedliche Köpfchen, die winzige Stupsnase. Wir staunten beide über das Wunder. Mir liefen vor Freude die Tränen. Die Hebamme sagte uns Körpergröße und Gewicht und ergänzte, dass es ein gesunder Junge war, der hier das Licht der Welt erblickt hatte. Wir würden ihn Leo nennen, hauchte ich Ralf entgegen.

Noch während die Ärztin mit der Nachgeburt und dem Nähen beschäftigt war, ging die Tür auf und eine Schwester kam herein. „Ihr vorreserviertes Familienzimmer ist fertig. Sie können es dann beziehen." Mit Leo im Arm wurde ich ins Familienzimmer gefahren. Ich war völlig erschöpft und wollte nur noch schlafen. Im Zimmer angekommen, schlug uns die Schwester vor, Leo diese Nacht mit auf die Neugeborenen-Station zu nehmen, damit wir nach den Anstrengungen in Ruhe schlafen konnten. Unser Sonnenschein wurde uns noch einmal gezeigt und anschließend im Kinderbettchen zu den anderen Neugeborenen gebracht. Ich war froh darüber, ihn in guten Händen zu wissen und konnte so auch beruhigt einschlafen.

Am darauffolgenden Nachmittag erschienen meine Mutter mit ihrem Lebensgefährten Christian und kurze Zeit später auch Ralfs Eltern bei uns im Krankenhaus. Wir hatten sie schon am Vortag über die Geburt ihres Enkelkindes informiert. Sie klopften ganz vorsichtig an die Tür, bevor sie hereinkamen. Mit einem Blumenstrauß und kleinen Geschenken in der Hand näherten sie sich vorsichtig dem Bettchen von

Leo. Alle bewunderten den neuen Erdenmenschen, der tief und fest schlief. Oma Sabine streichelte als Einzige Leo vorsichtig an der Wange und war sichtlich erstaunt über die füllige Haarpracht. Wir unterhielten uns noch ein Weilchen leise, bevor alle sich wieder verabschiedeten.

Als Leo eine halbe Stunde später aufwachte, nahm Ralf seinen Sohn behutsam in seinen Arm und lief mit ihm zum Fenster. Er schaute ihn neugierig an und konnte gar nicht mehr von ihm lassen, so fasziniert war er von ihm. Die ersten Tage mit dem Baby waren ungewohnt und so richtig sitzen konnte ich auch nicht, da die Naht immer noch schmerzte. Nachts weckte mich mein Sohn zwei bis dreimal auf, weil er Hunger hatte oder gewickelt werden wollte. Mit dem Windeln war ich noch nicht so vertraut, aber ich wurde von Mal zu Mal sicherer. Auch beim Anziehen war ich ganz vorsichtig und es dauert eine Ewigkeit, bis ich ihm den Body und den Strampler angezogen bekam. Ich hatte Angst, dass ich ihm dabei die Ärmchen oder Beinchen verletzen könnte. Trotz all dem Ungewohnten war mein Glück perfekt. Nie zuvor hatte ich so eine innere Zufriedenheit gespürt. Ich hatte all das, was ich mir schon immer gewünscht habe. Einen Mann, der mich liebte und das schönste Kind auf dieser Welt.

Als wir aus dem Krankenhaus nach Hause kamen, überraschte uns ein über dem Balkongeländer gespanntes überdimensionales Plakat. Darauf stand in großen Buchstaben: „Herzlich willkommen kleiner Leo." Auch ein großer Klapperstorch mit Lätzchen und

Babyschnuller geschmückt stand vor dem Büroeingang. Nicht nur diese Überraschung hatte Oma Sabine für uns vorbereitet, sondern am Eingang war auch eine Wäscheleine mit vielen hübschen Babysachen liebevoll angebracht. Wir waren beide überglücklich und stolz auf unser kleines Wunder. Oma Hilde lud uns alle zum gemeinsamen Kaffee bei sich in den Garten ein. Mit unserem kleinen Sonnenschein im neuen Kinderwagen schlenderten wir gemeinsam durch den gepflegten Garten. An der Sitzgruppe neben dem Koi-Teich hatte Hilde den Kaffeetisch vorbereitet. Es gab Schwarzwälder Kirschtorte, dazu Kaffee und für mich Tee. Dem Anlass entsprechend standen auch Sektgläser auf dem eingedeckten Tisch. Martin holte geschwind den gekühlten Sekt den Mamas Lebensgefährte Christian mitgebracht hatte. Nachdem ich ein Glas Saft und alle anderen ein Glas Sekt in der Hand hielten, begann Martin mit seiner herzlichen Willkommensrede für uns. Er wünschte unserer kleinen Familie viel Glück, Zusammenhalt, Durchhaltevermögen und eine gute Entwicklung von Leo. Mit einem Augenzwinkern sagte er lachend: „Hoffentlich wird er nicht so frech wie sein Papa aber dafür so hübsch wie seine Mama." Auch Mamas Lebensgefährte Christian fügte anschließend gutgemeinte Ratschläge hinzu und wünschte uns alles Gute für die Zukunft.

Wir waren gerade fertig mit Essen, da meldete sich auch schon klein Leo. Er wackelte im Kinderwagen mit seinen kleinen Armen und murmelte vor sich hin. Oma Sabine sprang sofort auf und ging zu ihm hin. Ich dachte nur, na das kann ja was werden, wenn bei jedem Zucken aufgesprungen wird. Als hätte meine Mutter meine Gedanken gespürt, fragte sie den stolzen Papa und mich: „Darf ich den Kleinen hochnehmen?" Ich verzog leicht schmunzelnd das Gesicht und sagte: „Eigentlich will ich nicht, dass ihn gleich jemand hochnimmt wenn er sich meldet." Meine Mutter erwiderte lächelnd: „Na ja ich bin ja nicht immer da", und nahm Leo aus dem Wagen. „Ach ist der niedlich, das hübsche Näschen und die kleinen Händchen", waren zu hören. Sie ging zu Christian und setzte sich zu ihm. Dieser tippte mit seinem großen Finger auf das kleine Näschen und sagte liebevoll: „kleine Kinder sehen doch alle gleich aus." Sofort gab es Protest von allen Seiten. „Du hast wirklich keine Ahnung von kleinen Kindern", sagte meine Mutter und wendete sich scherzhaft etwas von Christian ab. Da kam Opa Martin auf Sabine zu und meinte: „Sind sie nicht süß diese kleinen Finger, ob das auch mal Tischlerhände werden können?", „Na wir werden das Beste für den kleinen Mann hoffen. Dein Papa und deine Mama werden sicherlich dafür sorgen." Sabine fragte: „Möchtest du ihn einmal auf den Arm nehmen?", und reichte Leo zu Martin herüber, der ihn zaghaft auf den Arm nahm. „Das ist schon etwas anderes als unsere Paula", sagte er und lief dabei im Garten umher. Als ob Leo schon alt genug dafür wäre, zeigte er ihm den Koi-Teich und die exotischen Pflanzen.

Sabine blickte etwas besorgt in die Richtung von Leo und Martin und sagte: „Der Teich ist aber gefährlich!" Sie erzählte, dass in ihrem Wohnort vor einigen Jahren ein Kind im flachen Badebecken ertrunken war. „Ach unsere Paula geht auch nicht an den Teich. Wenn das den Kindern von klein an richtig anerzogen wird, dann wissen sie, was sie dürfen und was nicht." „Das hat schon manch einer gedacht und dann war es zu spät", entgegnete meine Mutter ihr. „Das ist wirklich nur Erziehungssache", erwiderte Hilde. Wortlos blickte meine Mutter zu mir und sagte nichts mehr. „Wir werden das schon alles hinbekommen, das sollte doch kein Problem sein", versuchte Ralf die Situation zu entschärfen und nahm seinem Vater das Baby ab. Leo wurde zunehmend unruhiger und fing an zu quäken. „Ich glaube, jetzt kann nur noch ich helfen", sagte ich und nahm ihm den Kleinen ab. „Ich komme mit rüber, da kannst du in Ruhe Leo stillen", sagte Ralf.

Die Großeltern blieben indessen am Kaffeetisch sitzen und unterhielten sich weiter. Hilde erklärte Sabine ausführlich, dass ihre Tochter Anja die kleine Paula nur kurz gestillt hätte und heutzutage die Babynahrung genauso nahrhaft sei wie Muttermilch. „Stillen ist die beste Ernährungsweise die es überhaupt für Babys gibt", versuchte Sabine Hilde zu erklären. „Es ist nicht nur nahrhaft und beruhigend, sondern es gibt dem Kind auch Geborgenheit und Nähe". Darauf entgegnete Hilde: „Na ja, das können sie ja machen wie sie wollen, wir werden uns da nicht einmischen", und beendete diesen Gesprächspunkt, um zu einem anderen Thema zu wechseln.

Ein paar Tage später besuchte uns Ralfs Schwes-

ter Anja mit ihrer Familie in unserer Wohnung. Auch
Hilde und Martin waren mit von der Partie. Sie be-
gutachteten den Stubenwagen, den mir Anja nach ihrer Schwangerschaft mit Paula überlassen hatte. Meine Mutter hatte dafür extra ein neues Stubenwagen-
set gekauft, welches wir uns gemeinsam beim Stadt-
bummel ausgesucht hatten. Damit alles optimal passte, musste sie noch einige Änderungen mit der Näh-
maschine machen. Somit konnte ich den Stubenwagen traumhaft verspielt herrichten. Auch Anja gefiel
ihr ehemaliger Stubenwagen und sie war sichtlich erstaunt, was man mit etwas Kreativität so alles aus
einem vorher unscheinbaren Stubenwagen zaubern
konnte. „Für Jungs gibt es so schöne Motive, so etwas Hübsches habe ich noch nie gesehen", entfuhr es
ihr. „Die Lokomotive und die Bärchen sehen so verspielt und zauberhaft verträumt aus. Auch der Stoff
fällt sehr weich, das gefällt mir gut." Hilde hörte interessiert dem Gespräch zu, sagte aber nichts dazu, sondern schaute sich etwas in der Wohnung um.

Ich setzte mich auf die Couch, um den kleinen Leo
zu stillen. Martin schaute zu uns herüber und sagte lächelnd: „Den Kleinen kann man nur beneiden, wenn
man sieht wie er sich so an die Brust anschmiegen
kann." Alle schmunzelten und Anja gab ihrem Vater einen kleinen Stups. „Leo ist ein ruhiges und ausgeglichenes Baby", sagte ich zu Anja. Leo wurde tatsächlich
bald leise und schlief dann auch gleich ein. Wir setzten
uns zu dem Rest der Familie, die schon an der Kaffeetafel auf uns wartete. „Euch kann man nur beneiden",

sagte Anjas Mann Thorsten. „Unsere Paula war nicht so unkompliziert. Wir mussten sie zum Einschlafen etwas schaukeln oder im Arm wiegen". Ich erwiderte: „Oh, das habe ich von Anfang an versucht zu vermeiden, auch wenn es schön ist." Hilde warf ein: „Na das kann sich auch noch ändern", und schien damit das Gespräch beenden zu wollen. „Willst du dir nachher noch das kleine Beistellbettchen ansehen?", fragte Ralf seine Mutter. „Daran habe ich sehr lange gearbeitet und es war sehr mühevoll bis alle Details fertig waren". Hilde meinte nur: „So etwas hatte Anja nicht, Paula hatte gleich den Stubenwagen und ein richtiges Kinderbettchen, was Opa Martin für sie gebaut hat."

Nach dem Vesper schauten wir uns das Beistellbettchen im Schlafzimmer an, welches an meiner Bettseite befestigt war. „Na da passt der Kleine aber nicht lange rein", bemerkte Hilde, obwohl Ralf ihr schon erklärt hatte, dass wir dies später auch als kleine Bank nutzen könnten. „Das hast du super konstruiert", lobte Martin seinen Sohn. Ralf freute sich sichtlich über dieses fachmännische Lob und hatte ein breites Grinsen im Gesicht.

Allmählich war ich mir nicht mehr so sicher, ob Hilde Leo und mich überhaupt irgendwie als eigenständige Wesen ansah. Alles wurde von ihr relativiert und in der Bedeutung herabgesenkt. Das war wohl irgendwie Hildes Wesen und ich versuchte noch, auch wenn es mir von Woche zu Woche schwerer fiel, das nicht allzu persönlich zu nehmen.

Einige Tage später, als Ralf wie immer pünktlich

um Zwölf Uhr zum Mittagessen aus der Werkstatt kam, sagte er zu mir: „Meine Mutter hat mit mir gesprochen, sie meint, dass du mit dem Stillen aufhören solltest, weil Leo zu dünn ist", und ergänzte: „Sie hat bestimmt recht damit." Ich war entsetzt über Ralfs Ansicht, da wir uns bisher immer einig waren, dass ich den Kleinen stillte, da dies nun einmal bekanntlich das Beste für die Babys war. Und dann kam da noch Zweierlei hinzu: Erstens mal war das überhaupt nichts, in das Hilde sich einmischen durfte - ich war die Mutter, und ich wusste ja wohl am besten, was das Richtige für mein eigenes Kind war. Und zweitens: warum erfuhr ich das von Ralf, warum sagte sie es mir nicht selber, wenn sie sich schon einmischen musste, sondern verwendet ihren Sohn als Instrument? Ich war so überrumpelt von der ganzen Situation, dass ich nach beschwichtigenden Argumenten suchte, anstatt meine Position zu verteidigen: „Ralf, ich war doch gestern beim Arzt mit Leo." „Laut Ärztin ist er super entwickelt", sprudelte es aus mir heraus. „Auch unsere Hebamme schaut doch jede Woche bei uns vorbei und ist mit der Entwicklung mehr als zufrieden." Ralf meinte: „Aber schau mal, Anja und ich wurden auch nicht gestillt und sind auch so groß geworden." „Wenn du dir jetzt Anjas Tochter Paula anschaust, dann sieht man ihr nicht an, dass sie ebenfalls nicht gestillt wurde." Ich merkte an Ralfs Tonfall, dass er unsicher wurde. „Ja da hast du sicher Recht", meinte ich, und ergänzte dann: „Ich wurde zwar auch nicht gestillt, aber ich möchte Leo stillen. Ich denke, dass dies das Beste ist.

Außerdem fange ich doch nicht mit der Flasche an, nur weil andere Eltern ihre Kinder nicht stillen können oder wollen." Ich zeigte Ralf diesbezüglich einen Artikel aus einer Fachzeitschrift und konnte ihn diesmal noch von meiner Ansicht überzeugen. Dennoch, Diskussionen wie diese, in der ich nicht mehr im eigentlichen Sinn mit meinem Mann sprach, sondern mit meiner Schwiegermutter und mit Ralf eben nur noch als Sprachrohr, pflanzten Zweifel in mir. Und sie würden immer öfter stattfinden.

11

SCHON WIEDER NELE UND SONJA

Nach der Geburt unseres Sohnes Leo ging es mir sehr gut. Alles passte, meine Frau war zu meiner Familie auf den Hof gezogen, die Arbeit im Familienbetrieb machte mir Spaß und mein Sohn war ein hübscher kleiner Junge mit schönen Augen. Ich merkte schon, dass meine Mutter und Nicole sich nicht so gut vertrugen, aber ich glaubte, wenn ich Nicole noch etwas hinbog, würde das schon besser werden. Meine Mutter wusste auf jeden Fall, was das beste für unseren kleinen Sohn war. Nicole war ja noch unerfahren, was die Erziehung von Kindern anging.

In der Zeit als mein Sohn gerade einige Monate

alt war, hatte ich viel im Betrieb zu tun, weswegen ich es Nicole überlassen musste sich um Leo zu kümmern. Eigentlich hatte sie ja gar keine Zeit, sich groß mit anderen Dingen zu befassen, daher nervte es mich schon, dass ständig diese Nele und Sonja da waren und Nicole auch noch zuließ, dass sie sich in die Erziehung von Leo einmischten. Meine Mutter sprach mit mir auch schon darüber. Schließlich brauchte sie damals auch niemanden, als ich geboren wurde, und bei meiner Schwester war das auch nicht anders. Nicole hatte es ja gut hier auf dem Hof, mein Vater und meine Mutter kümmerten sich um alles hier, und Nicole hatte mich und diese Wohnung in einer wundervollen Umgebung und bald auch ein eigenes Haus. Also warum das ganze Getue mit Freunden. Nein, die brauchte sie eigentlich nicht. Die störten hier.

12

FREUNDE ZU BESUCH

Meine Freundinnen Nele und Sonja besuchten mich jetzt öfter, da sie beide keine eigenen Kinder hatten. Sie freuten sich immer ganz besonders auf den kleinen Leo. Dadurch sah ich beide immer abwechselnd aller zwei bis drei Wochen. Das Baden im Babybadeeimer machte nicht nur Leo Spaß, sondern auch die Beiden hatten ihre Freude daran, wenn der Wonneproppen quiekend planschte und wir alle dabei nass wurden. Am liebsten knuddelten sie den Kleinen, sangen ihm Liedchen vor oder wir setzten uns einfach auf die Wiese und spielten mit ihm. Als besonders schön empfanden sie es, wenn wir eine Runde spazieren gehen konnten und sie als stolze Tanten den Kinderwagen schieben durften. Ich war immer sehr davon angetan, wenn sie da waren, denn dadurch habe ich etwas Abwechslung und Kontakt zur Außenwelt. Mit meinem alten Tastentelefon, für das ich sehr oft belächelt wurde, war das ja eher schwierig. Wenn ich mal ins Internet wollte, dann war dies nur am PC in Ralfs Büro möglich.

Diese schönen Besuche ließen aber mit der Zeit nach, da die Entfernung zwischen unseren beiden Wohnorten nicht gerade gering war und dies schon eine Rolle spielte, da beide meiner Freundinnen berufstätig war. Nele nutzte für ihre Besuche bei mir immer ihren kurzen Arbeitstag und war dadurch nicht vor fünf Uhr Nachmittags bei mir. Sie war Angestellte im öffentlichen Dienst, hatte eine sportliche Figur, war genauso groß wie ich, immer gut gekleidet, hatte eine offene und ehrliche Art und immer ein Lächeln auf den Lippen. Einfach eine tolle Freundin. Sie blieb dann oft bis in die späten Abendstunden. Ralf sollte mein Besuch eigentlich nicht stören, da er die Zeit nach dem Kaffee für die Gartenarbeit nutzte oder noch im Büro oder in der Werkstatt zu tun hatte.

Meine andere Freundin Sonja arbeitete in der Altenpflege, war einen halben Kopf kleiner, von kräftiger Statur und daher immer auf Diät mit vielen Ausnahmen. Sie hatte ein sehr sympathisches Wesen, war hilfsbereit und aufgeschlossen. Sie kam gerne am Vormittag, da sie im Schichtsystem arbeitete und somit in ihrer Zeit flexibel war. Wir kochten dann gern zusammen, für Ralf und uns. Meistens musste sie aber nach dem Kaffeetrinken wieder los, da sie ohne Auto auf den Zugverkehr angewiesen war und ihre Schicht gegen sechs Uhr Abends begann. So freute ich mich nun stets auf den etwa einmal monatlich stattfindenden Besuch von Nele oder Sonja.

Eines Abends, nachdem Nele gegangen war, sagte Ralf als ich gerade die Babysachen auf der Wickelkommode zusammenlegte zu mir: „Nele war aber heute lange da!" Ich überlegte, wie ich seine Aussage deuten sollte und sagte nachdenklich zu ihm: „Nele ist doch meistens so spät gegangen." Er erwiderte: „Es muss ja nicht immer so spät sein, schließlich hast du doch hier auch noch etwas zu tun." Ich überlegte kurz und sagte halb im Spaß: „Wieso, hier ist es doch ordentlich." Unbeirrt setzte er fort: „Außerdem braucht Leo seine Ordnung und Ruhe." So ganz langsam fing es an, mir etwas zu bunt zu werden. Ich entgegnete dann schon etwas gereizter: „Aber Ralf, er liegt schon lange in seinem Bettchen und schläft", und er meinte nur noch, dass seine Mutter auch der Ansicht war, dass Besuch bis in die späten Abendstunden nicht wirklich gut für unseren Kleinen wäre.

Also hat Hilde wieder mit ihm gesprochen, ging es mir durch den Kopf. „Nele ist schon vor einiger Zeit gegangen und sonst hat es dich auch nie gestört", sagte ich mit nur oberflächlich ruhiger Stimme. „So lange ist sie noch nicht weg, meine Mutter hat sie doch gesehen", zeterte Ralf. „Was ist los mit dir, warum stößt du dich daran?", sagte ich nun sichtlich erregt. „Eigentlich stört es mich nicht, aber es muss vielleicht doch nicht ganz so spät sein", meinte er. Das war eine Ausflucht - mir war in diesem Moment klar, dass es nicht wirklich um die konkrete Uhrzeit ging sondern einfach darum, dass mir meine Freundin Nele wichtig war, während sie von Ralfs Familie nur als störender Besuch angesehen wurde. Klar störte so ein Besuch um so mehr, je länger er Abends blieb!

Eigentlich sollte mein Mann hier zu mir halten, das war ja schließlich unsere Wohnung und wir sollten als Besuch empfangen dürfen wen immer wir wollten, und auch wann immer wir wollten. Das war ein Konflikt, der seinen Ursprung darin hatte, dass wir und Ralfs Eltern zu nahe aufeinander saßen. Das Problem hatten vielleicht auch andere Paare, wenn die Eltern quasi mit im Haus lebten. Aber mein Hauptproblem war, dass mir Ralfs Position in dieser Konstellation immer weniger klar wurde. War er nun mein Mann, oder der Sohn seiner Mutter und ich und Leo waren nur Anhängsel? Letzteres war nur eine trübe rumorende Ahnung - er war doch meine Liebe und Leo die Erfüllung! Ich konnte den Gedanken nicht weiter führen, zu schmerzhaft war das Gefühl an dem Ort, wo er hinführte.

An einem anderen Tag, es war ein sonniger Sommertag, holte ich vormittags Sonja vom Bahnhof mit dem Auto ab. Leo war mit dabei - er saß in seiner Babyschale und fühlte sich sichtlich wohl während der Fahrt. Bevor wir heimfuhren, kauften wir noch schnell frischen Fisch auf dem Markt für das Mittagessen. Als wir zu Hause ankamen und auf dem Weg in die Wohnung am Büro vorbei gingen, sahen wir dort Hilde bei der Arbeit. Sonja grüßte Hilde freundlich, aber diese warf nur einen kurzen Blick zu uns herüber und fragte lächelnd mit kaum hörbaren sarkastischem Unterton: „Na, hast du wieder Besuch?" Ich erwiderte: „Ja, wir wollen zum Mittag frischen Fisch braten", wobei ich mir Mühe gab ihren Sarkasmus zu ignorieren. „Hast du noch nichts fertig?", fragte Hilde etwas hämisch, „Es ist gleich zwölf Uhr und da kommt Ralf ja auch zum Essen, das weißt du doch!". „Ja das machen wir schon, er wird bei mir schon nicht verhungern", sagte ich immer noch gelassen im Hochgehen. Als ich die Tür zur Wohnung hinter mir geschlossen hatte, äffte Sonja Hilde nach. „Na, ist der Fisch noch nicht fertig, nun aber hurtig, Ralf hat Hunger und es ist gleich zwölf Uhr!". Wir mussten beide lachen, obwohl mir nicht wirklich zum Lachen zumute war. In der Zeit als ich den Einkauf auspackte und schon die Kartoffeln schälte und zum Kochen aufsetzte, versorgte Sonja Leo mit einer frischen Windel. Danach bereiteten wir den Fisch in der Pfanne zu. Pünktlich zum Mittag waren der Fisch und die Kartoffeln fertig angerichtet. Wer nicht pünktlich kam, war mein lieber Ralf.

Er kam gegen halb Eins zum Essen hoch und begrüßte uns. „Na ihr Zwei, heute gibt es wohl frischen Fisch. Ich bin extra später hoch gekommen, da ich noch mit meine Mutter im Büro geredet habe. Sie hat mir auch gesagt, dass ihr noch am Kochen seid." Sonja erwiderte lachend: „Der Buschfunk funktioniert hier aber gut und wir waren auch pünktlich um zwölf Uhr fertig, kannst du ihr sagen". Ralf schaute etwas verdutzt zu Sonja und konnte ihre Worte offenbar nicht deuten. Ich jedoch musste schmunzeln.

Nachdem ich das Geschirr abgewaschen hatte, hingen Sonja und ich gemeinsam die Wäsche auf dem Balkon auf. Danach machten wir es uns im Garten auf einer Decke gemütlich und beschäftigten uns mit Leo. „Wie hältst du das hier nur aus?", fragte mich Sonja, „Ständig beobachtet zu werden ist doch nicht angenehm." „Das ist schwierig, weil wir nur über das Firmenbüro zu unserer Wohnung gelangen können und somit jede Bewegung registriert wird. Das wird sicher anders werden, sobald unser Haus fertig ist." „Wollen wir noch ein Stück mit dem Wagen spazieren gehen?", fragte mich Sonja nach einer Weile. „Wir müssen erst mal hoch gehen und den Kaffeetisch decken, Ralf will doch um vier Uhr seinen Kaffee haben. Wir haben noch Kuchen und deine Plätzchen da." Sonja fand es schade, da sie bei dem schönen Wetter lieber auf Kaffee verzichtet und Leo im Kinderwagen ausgefahren hätte. „Du könntest auch allein mit Leo eine Runde machen, da hab ich kein Problem damit", sagte ich zu ihr. „Nein, das macht ja gar keinen Spaß ohne dich, da komme ich lieber mit Kuchen essen", erwiderte Sonja herzlich lachend und klopfte sich dabei mit der Hand auf ihren doch etwas fülligen Bauch. Ralf kam wie immer pünktlich zum Kaffee und erzählte uns beim Essen, was er heute noch alles erledigen wollte. Nebenbei machte er wie immer seine Späßchen mit Leo und ging danach wieder hinunter in die Werkstatt.

Sonja machte sich erst einmal in der Küche nützlich, bevor sie sich dann wieder zu mir setzte, während ich mich mit Leo beschäftigte. „Wollen wir dann noch eine Runde mit dem Wagen gehen?", fragte ich. „Na das wird vielleicht etwas zu spät, schließlich muss ich ja auch bald wieder gehen, damit du nicht wieder Besuch bis spät in die Nacht hast", sagte Sonja ironisch. „Du kannst gern noch bleiben, Ralf hat noch zu tun und wir essen doch erst um halb Sieben. Ich kann ihm bei der Arbeit auch nicht helfen und du bist ja schließlich meine beste Freundin." Dabei neckte ich sie und stupste ihr mit meinem Finger in die Hüfte. Nachdem wir mit Leo fertig waren, beschlossen wir, dass ich Sonja zum Zug fahren würde, da es doch etwas später geworden war. Wir gingen hinunter in die Werkstatt und Sonja verabschiedete sich bei Ralf, der noch fleißig am Bauen war. Auf dem Rückweg vom Bahnhof hielt ich schnell an einem Einkaufsmarkt an. Mit Leo im Einkaufswagen erledigte ich rasch den Einkauf, wobei ich die abendlichen Angebote nutzte. Natürlich wurde mein Einkaufswagen wieder ungeplant ganz schön voll, aber Leo schien das Fahren im Einkaufswagen zu gefallen.

Als wir zu Hause angekommen waren, sah ich Hilde im Büro stehen und mich beim in den Hof fahren mit ihren Blicken verfolgen. Ich hing mir meine Handtasche um den Hals, nahm die Babyschale in die eine Hand und in die andere die beiden vollen Einkaufstaschen. Vollgepackt wie ein Maultier lief ich Richtung Büro, wo Hilde gerade die Bürotür zuschloss und am Türeingang noch die Blumen goss. Als sie mich schnaufend ankommen sah, fragte sie mich lächelnd: „Oh, geht das so oder willst du nicht lieber zwei mal gehen?" Liebe Oma, du könntest mir ja mal deinen Enkel kurz abnehmen und die Bürotür öffnen, dachte ich mir innerlich. Mit schniefender Stimme sagte ich: „Hallo, es geht schon", lief an ihr vorbei, setzte die Taschen und Babyschale ab, suchte den Schlüssel in meiner Handtasche, schloss die Tür auf und ging vollgepackt zur Wohnung hoch. Hilde rief mir noch hinterher, dass Ralf heute etwas später käme, da er auf Montage sei. In der Wohnung angekommen, wäre ich am liebsten auf die Couch gefallen, so fertig war ich von dem Tag.

Als Ralf pünktlich zum Abendbrot hochkam, belehrte er mich sogleich, dass ich die Babyschale mit zwei Händen tragen solle. Ich wusste gleich woher der Wind wehte und versuchte ihm zu erklären, dass ich auch noch den Einkauf zu tragen hatte und man die Babyschale auch mit einer Hand tragen konnte. Außerdem hätte seine Mutter mir auch mal die Tür aufschließen und Leo kurz halten können, damit ich den Einkauf hochbringen konnte. „Na du hast es ja auch so geschafft", sagte er und setzte sich an den schon fertig gedeckten Abendbrot-Tisch. Ich holte noch schnell den Tee und setzte mich dazu. „Sonja war aber heute ganz schön lange da", begann Ralf wieder das Gespräch. Ich war ganz erstaunt, warum er jetzt wieder damit anfing. „Du hattest doch noch in der Werkstatt zu tun und Sonja hat mich auch unterstützt", versuchte ich mich zu rechtfertigen. „Nun ja, ich weiß nicht so recht, meine Mutter hatte früher keine Zeit für solche Besuche", polterte Ralf. „Sonja stört mich nicht und ich dachte dich auch nicht", konterte ich. „Nein, sie stört mich nicht und kann auch vorbeikommen, aber vielleicht nicht ganz so lange", antwortete er. Ich fragte mit betont ruhiger Stimme, ob er das wirklich möchte oder nur seine Mutter. „Meine Mutter hat schon recht, es ist schon ganz schön lange gewesen", sagte Ralf. Genau in dem Moment meldete sich Leo und ich holte ihn aus dem Stubenwagen zu mir. Ich setzte mich auf die Couch und beschäftigte ihn. Ralf sagte mir, dass er nochmal in die Werkstatt müsse, um für morgen etwas vorzubereiten.

Somit war ich wieder mit Leo allein. Und mit meinen Gedanken, dass es keine Rolle spielte, wer mich besuchte. Hilde würde mich beobachten, dabei auf die Uhr schauen, und dann ihrem Ralf sagen, was ich doch zu tun oder zu lassen habe mit meinem Besuch.

13

NIMM DOCH MEINES

Mit unserem kleinen Sonnenschein fuhr ich hin und wieder nachmittags in den Garten meiner Mutter. Ich war sehr gern dort, da er mich an meine dort verbrachte Kindheit erinnerte. Manchmal kam auch Ralf mit, wenn es ihm seine Zeit ermöglichte, aber meistens fuhr ich alleine hin. Meine Mutter kam dann immer gleich nach ihrer Arbeit zu uns in den Garten und wir tranken erstmal einen Kaffee und aßen ein Stück Kuchen, den ich unterwegs besorgt hatte. Nachdem meine Mutter sich dann etwas vom Arbeitsstress erholt hatte, spielte sie ausgiebig mit Leo oder wir fuhren einfach mal eine Runde mit dem Kinderwagen. Sie genoss diese Zeit ganz intensiv, da sie ihren Enkel auch nicht jeden Tag sehen konnte und die Entwicklung in großen Schritten voranging. Wenn ich mit dem Auto und Leo unterwegs war, sollte ich nach Ralfs Meinung immer mit seinem großen Auto fahren, da dies sicherer wäre, falls es mal zu einem Unfall kommen sollte. Ich besaß auch einen Kleinwagen noch aus der Zeit bevor ich Ralf kennenlernte, aber Ralfs Argument war einleuchtend. Ich hatte daher auch kein Problem mit seinem Vorschlag, zumal es mir auch Spaß machte mit dem größeren Auto zu fahren.

Ralf drängte mich mittlerweile immer häufiger, mein Auto zu verkaufen, da ja ein Fahrzeug für uns reichen würde und er auch noch Firmenautos hatte. Ich gab ihm zwar inhaltlich Recht, aber erstens war dies mein Auto und zweitens wollte ich mir diese Unabhängigkeit nicht nehmen lassen. Daher behielt ich das Auto weiterhin und benutzte es auch ab und zu, damit es eine Daseinsberechtigung hatte. Von Ralf und seinen Eltern hörte ich jedoch immer wieder, dass mein Auto ständig einen Parkplatz blockierte, was ich aber ignorierte. Diese Diskussion mit einem zweiten Auto führten wohl alle Ehepaare irgendwann, aber meist ging es dabei um finanzielle Aspekte oder den Platz, welchen ein zweites Auto wegnahm. Hier griffen diese Argumente aber nicht so richtig - Geld war genug da, zumal ich mein eigenes Auto durch meinen Job leicht selber unterhalten konnte, und auf dem Hof war eigentlich genug Platz um das Auto abzustellen.

Oftmals nutzte ich die Tage, an denen ich zu meiner Mutter fuhr, um auch gleich mal einen Abstecher zu meiner Arbeitsstelle zu machen. Meine Kolleginnen freuten sich immer, wenn ich sie mit klein Leo besuchte. Auch für mich war es eine willkommene Abwechslung und der mitgebrachte Kuchen begeisterte sie mindestens genauso wie Leo. Ralf versuchte mir dabei immer wieder einzureden, dass ich dort gar nicht vorbeifahren müsse, da ich ja im Babyjahr war und danach noch ein Erziehungsjahr nehmen würde. Außerdem müsste ich dort sowieso nicht wieder anfangen, da ich den Platz seiner Mutter in der Firma einnehmen sollte, sobald diese in Rente ging. Das erzählte er mir bei jeder Gelegenheit. Ralf konnte sich dabei wohl nicht vorstellen, dass der Besuch bei meinen Kolleginnen mir einfach nur Freude bereitete.

14

AMELIE

Nicoles Erzählung hatte mich mehr und mehr gefesselt. Auch wenn sie erst angefangen hatte mir ihre Erlebnisse zu schildern, klang es schon jetzt wie der Anfang einer tragischen Familiensaga aus dem Texas des letzten Jahrhunderts. Ich erinnerte mich natürlich an die Nicole aus früheren Zeiten - ich hatte das Bild einer selbstbewussten hübschen jungen Frau vor Augen, der das Leben offen stand. Hübsch war sie auf jeden Fall auch heute noch. Ich wünschte ich hätte ihre schönen Augen und ihre hoch aufgeschossene Figur, die einen an eine Prinzessin aus einem Walt Disney Film erinnerte. Jetzt erschien sie reifer, aber auch ihre Unbekümmertheit hatte sie offensichtlich verloren während der Jahre auf diesem Tischlerhof.

Für ein Stadtkind wie mich und bestimmt auch für die Nicole aus früheren Zeiten war es sicherlich nicht gut vorstellbar, wie genau es war, auf einem abgeschlossenen Hof auf dem Land zu leben. Zudem war auch noch die Arbeitsstelle aller Hofbewohner genau dort vorzufinden, das heißt die Menschen dort lebten fast wie auf einer Insel und hatten sich nicht groß darum zu kümmern, wie die Menschen auf dem Rest der Welt miteinander umzugehen hatten, damit das Zusammenleben klappte. Für Außenstehende musste es schierig sein, sich in die soziale Dynamik eines solchen Clans einzuleben, und es musste enorm anstrengend sein, gegen den Widerstand der Clanoberhäupte seine Position durchzukämpfen, wenn man mal anderer Meinung war.

Von dem was mir Nicole bisher erzählte ausgehend fürchtete ich ja, dass dieser Hof so eine Art Venusfliegenfalle war. Dem ersten Anschein nach süß riechend, in Form eines hübschen Prinzen, der die Prinzessin aus dem fernen Land mit Schmeicheleien und einem Leben in pittoreskem Landambiente anlockte, aber sobald dort angekommen und in das Familienleben eingebunden, schloss sich die Falle jedoch und ein Entkommen war nicht mehr möglich. Die eingeschlossene Beute war verloren. Aus der Art und Weise, wie Nicole sich mir darstellte, schloss ich, dass sie letztlich von dort entkommen war. Aber beileibe nicht ohne Federn gelassen zu haben. Und der Clanchef schien nicht etwa das männliche Oberhaupt der Familie zu sein, sondern diese Hilde, die wie eine Spinne die Fäden dieser Familie zog.

Seit dem Beginn unseres Treffens im Café waren schon einige Stunden vergangen, aber an eine Unterbrechung dachten wir beide nicht. Ich war gespannt auf das, was mir Nicole noch so zu erzählen hatte. Gleichzeitig schwante mir, dass ich noch einiges schwer Verdauliche erfahren würde.

15

LINKS LIEGEN GELASSEN

An einem der kommenden Wochenenden standen Schachtarbeiten für die Zu- und Abwasserleitung des Baugrundstückes an. Ralf hatte sich schon am vorigen Wochenende einen Kleinbagger ausgeliehen und den Graben für die Leitung gezogen. Da der Kleinbagger aber nur bis zu einer bestimmten Tiefe baggern konnte, war nun für den Rest Handarbeit angesagt. Auch Ralfs Cousin Jörg hatte sich kurzfristig als tatkräftige Unterstützung angekündigt, nachdem er durch Zufall davon erfahren hatte. Wir waren sehr überrascht darüber und freuten uns natürlich über seine Hilfe. Also setzte ich Leo in seinen Wagen, nahm noch eine Decke und Getränke mit und schob den Kinderwagen zum Baugrundstück. Ralf brachte derweil noch Schippen

und Spaten zum Rohrgraben. Für Leo breitete ich auf
der Wiese neben dem Graben eine Decke aus und legte ihn mit Spielzeug darauf, so dass wir ihn immer
im Blick hatten. Es gefiel ihm sichtlich gut. Nun begann sie, die körperlich schwere Arbeit mit Spaten und
Schaufel. Durch die lange Trockenheit war die Erde
besonders fest, was es nicht gerade leichter machte.
Auch ich gab mein Bestes und versuchte die vorgelo-
ckerte Erde mit der Schaufel über den Grabenrand zu
werfen. Ich kam schnell an meine Grenzen und musste öfters eine Pause machen. Leo lag derweil lieb auf
seiner Decke und schaute uns bei der Arbeit zu. Wir
gaben uns die größte Mühe, um ihn vom Graben aus
zu belustigen. So warf Jörg mit der Schaufel die Erde
immer wieder mal etwas höher, so dass sie dann wie
ein Regenschauer auf den Boden herab prasselte.

Es war fürchterlich warm und so schon anstrengend genug, aber für Leo nahm er es gerne in Kauf.
Ich sang und pfiff Lieder und imitierte Tierlaute, nur
damit der Kleine etwas Ablenkung hatte. Zur Mittags-
zeit kamen Hilde und Anja zu unserer Baustelle gelaufen. Sie führten Anjas kleine Tochter Paula an den
Händchen. Die Kleine schritt noch etwas unsicher daher, aber es sah süß aus, wie sie so daher wackelte. Als
Leo die drei erkannte, fing er kräftig an zu strampeln
und freute sich. Sie setzten Paula zu Leo auf die Decke und bestaunten die fortgeschrittenen Schachtarbeiten. „Du bist aber lieb", sagte Anja zu Leo und streichelte ihn. Hilde meinte etwas unpassend: „Na wenn
du schon laufen könntest, dann könnten wir dich mit-

nehmen." Mir war nicht klar, was Hilde damit sagen wollte - der Kinderwagen von Leo stand ja schließlich keine zwei Meter entfernt von der Decke, auf der Paula und Leo spielten. „Wir würden ja gerne noch etwas bleiben, aber wir müssen noch das Essen warm machen, da Opa pünktlich zu Mittag essen will." „Habt ihr denn schon was gegessen?", fragte Hilde Ralf. Er antwortete: „Nein, Nicole wird das Essen gleich holen". Hilde fragte weiter: „Gibt es denn was Richtiges bei der schweren Arbeit?" Ich erwiderte: „Es gibt Kartoffelsalat mit Wienern, die ich aber erst noch warm machen muss". Jörg warf ein: „Bei der Hitze kannst du sie auch kalt lassen." „Mache dir jetzt nicht so viel Arbeit, du hast hier schon genug mit geschafft". Hilde und Anja gaben Paula noch ein Gänseblümchen in die Hand und dann gingen sie zu Dritt langsam den Weg wieder zurück. Leo saß derweil weiter auf seiner Decke und hat zum Glück nicht mitbekommen können, dass er von Tante und Oma links liegen gelassen wurde. „Was war das denn jetzt?", fragte mich Jörg und ich schaute ihn nur achselzuckend an. Er ergänzte: „Hätten sie den Kleinen nicht mal mitnehmen können?", „Er ist so lieb und außerdem könnte er doch mit Paula zusammen bei der Oma spielen." Ich sagte etwas ironisch zu ihm: „Du hast es doch gehört, er kann noch nicht laufen." Jetzt mischte sich Ralf in unsere Gespräch ein und meinte: „Das muss doch nicht sein, er ist doch ganz ruhig und wir haben ihn hier gut im Blick."

Jörg drehte sich von Ralf weg, griff wieder zum Spaten und sagte kopfschüttelnd: „Der Wagen steht doch hier, sie hätten doch ruhig den kleinen Kerl mal mitnehmen können?" „Das war schon die letzten Male so, als ich hier war. Da hatte sich Hilde nur mit Paula beschäftigt und Leo lag im Wagen oder saß bei dir auf dem Schoß. Das ist doch offensichtlich, dass hier Paula zuerst kommt". Ich schaute zu Jörg und sagte leise: „Ja, Paula ist sehr oft da und zwei Kinder sind ihr zu viel." „Das hatte sie einmal zu Ralf gesagt. Bis jetzt war Leo nicht einmal allein bei den Großeltern hier". Ralf, der unmittelbar neben uns stand, sagte nichts dazu und arbeitete weiter. Ich schaufelte mit etwas Wut im Bauch noch drei Schippen Dreck aus dem Graben, die diesmal besonders weit flogen und danach machte ich mich auf den Weg das Mittagessen zu holen. Mit zwei Körben voller Essen, Trinken, Geschirr und Besteck bepackt, kam ich zurück zur Baustelle. Ich stellte erstmal alles ab und widmete mich zuerst mal Leo, der mittlerweile auch Hunger hatte und gestillt werden musste. Ralf und Jörg waren derweil noch fleißig im Graben zu Gange, aber auch ihnen war die Erschöpfung schon anzusehen. Mit dem Ruf: „Essen ist fertig", erlöste ich sie von ihrer Arbeit und in Windeseile saßen sie auch schon am Tisch auf der grünen Wiese. „Das ist eine ganz schöne Schinderei bei dieser Hitze", entfuhr es Jörg, während er genüsslich seine Flasche Bier trank.

Leo lag mittlerweile mit vollem Bäuchlein in seinem Wagen und dämmerte seinem Mittagsschlaf entgegen. Er hatte es am besten von uns allen und jeder beneidete ihn. Nach einer ausgiebigen Mittagspause machten wir uns wieder an die Arbeit im Graben. Zum Glück spendeten Bäume etwas Schatten auf dem Abschnitt, wo wir jetzt weiter machten, ansonsten wäre es sicher nicht zum Aushalten gewesen. Leo war inzwischen im Traumland angekommen und somit konnten wir uns voll der Arbeit widmen. Insgeheim ärgerte ich mich sehr darüber, dass Ralf unseren Kleinen nicht mal für ein paar Stunden zu seinen Eltern geben konnte. Mir war diese Situation auch etwas unangenehm gegenüber Jörg. Nach gut zweieinhalb Stunden Mittagsschlaf machte sich jetzt Leo langsam in seinem Wagen bemerkbar. Das war für mich das Zeichen, mal nach ihm zu sehen und endlich von der Schaufel wegzukommen. Meine Arme fühlten sich schwer und kraftlos an und der Rücken tat auch schon weh. Jörg und Ralf waren erstaunt wie lange ich bis dahin schon durchgehalten hatte. Als sie sahen, wie schwer es mir fiel aus dem Graben zu klettern, sagten sie: „Das ist heute genug für dich, sonst verendest du noch in dem Graben." „ Ruhe dich etwas aus und dann würden wir uns über einen Kaffee freuen!" Ich nahm dieses Angebot natürlich dankend an und kümmerte mich erstmal um Leo. Nach kurzer Pause ging ich zusammen mit Leo in Richtung Wohnung, um den Kaffee zu machen. Dabei sah ich die Großeltern in ihrem Garten am Kaffeetisch sitzen. Anja und ihr Mann Thorsten, sowie Paula waren auch dabei. Als sie zu mir herüber schauten, winkte ich ihnen kurz zu, ohne mit dem Wagen anzuhalten und dachte mir

meinen Teil. Ich war innerlich so bedient, dass ich
nicht mal mitbekam, ob sie zurück grüßten. Kaum
war die Wohnungstür ins Schloss gefallen, da griff ich
zum Telefon und rief meine Mutter an. Ich schüttete
ihr mein Herz über das Verhalten von Hilde aus. Sie
verstand mich auf Anhieb und fand ihr Verhalten auch
fragwürdig. Ich könnte nach Arbeitsschluss zu euch
kommen, etwas mit helfen oder auf Leo aufpassen,
bot sie mir an. „Nein das brauchst du heute nicht,
dafür ist es schon zu spät", sagte ich zu ihr. „Aber
dann komme ich am Mittwoch vorbei, helfe euch oder
nehme mal den Leo", erwiderte sie. Auf meine Mutter
konnte ich mich verlassen und somit machte ich mich
schon etwas besser gelaunt wieder auf den Weg, um
meine beiden fleißigen Jungs mit etwas Kaffee und
Kuchen zu unterstützen.

An einem Vormittag ein paar Tage später sollte ich
Hilde, Anja und Paula erneut begegnen. Ich hatte noch
mit der Wäsche zu tun und Leo zu dem Zweck im Wagen vor das Büro gestellt, damit er an der frischen
Luft sein Schläfchen machen konnte. An der Tanne neben ihm hatte ich ein buntes Windspiel befestigt. Das
schaute er sich gerne an, wie es sich so im Wind hin
und her bewegte. Gewöhnlicherweise dauerte es dann
nicht lange, bevor er einschlief. An diesem Tag war
das auch der Fall und Leo befand sich bald im Land
der Träume. Bevor ich dann später das Mittagessen
zuzubereiten hatte, musste ich erst noch die Wäsche
bügeln und zusammenlegen. In diesem Moment hörte ich Anja und Hilde durch die offene Balkontür re-

den und schaute nach. Hilde schob den Wagen mit
der kleinen Paula und Anja ging nebenher. Am Wagen
von Leo blieben sie stehen und unterhielten sich mit
ihm. Ich war gerade im Begriff die Beiden vom Balkon
aus zu begrüßen, da hörte ich Hilde sagen: „Musst du
schon wieder alleine hier stehen, du armer Kleiner." „
Stehst hier da wie auf dem Abstellgleis. Na dann sei
fein lieb und schlafe schön. Das hätten wir mit Paula so nicht machen können, die ist nie so ruhig gewesen, wenn sie im Wagen stand". Ich hörte Anja noch
sagen: „So komm jetzt", bevor Leo auch gleich anfing
zu quengeln. Hilde schob den Wagen mit Paula am Büro vorbei und mir schoss durch den Kopf, na prima
habt ihr das hinbekommen. Einige Sekunden später
machte Anja auf den Hacken kehrt, ging zurück zum
Wagen und wippte ihn etwas hin und her, so das sich
Leo wieder beruhigte und einschlief. Ich sah noch, wie
sie schnell ihrer Mutter in Richtung Hauptstraße hin-
terherlief. Etwas sprachlos und in Gedanken versunken stand ich auf dem Balkon. Mir gingen viele Fragen
durch den Kopf. Warum nahmen sie Leo nicht mal mit,
wenn sie schon zu zweit spazieren gingen, und warum fragten sie mich nicht, ob ich mal mit ihnen mitkommen möchte? Ich verstand es einfach nicht und
erzählte deshalb auch gleich Ralf zum Mittagessen davon. „Ach lass sie doch, ist doch auch schön, wenn
Leo im Wagen schläft, ohne dass man schieben muss",
antwortete mir Ralf. „Es geht doch nicht darum, wer
wen wann schiebt, sondern dass auch deine Mutter
mal Leo nehmen oder wenigstens ausfahren könnte."

„Schließlich ist es auch ihr Enkel", entgegnete ich ihm. „Ach Schatz, reg dich deshalb nicht auf, das macht sie auch mal, wenn wir es ihr sagen." Ich atmete etwas schniefend durch und sagte: „Du hast nicht begriffen, was ich meine oder willst es einfach nicht begreifen", und widmete mich wieder Leo. Ich dachte immer wieder über diese Begebenheit nach und kam zu dem Entschluss, Anja bei der nächsten Gelegenheit einmal direkt anzusprechen, ob wir nicht einmal gemeinsam mit den Kindern spazieren gehen wollten. Schließlich kam ich mir hier ziemlich alleine und kontaktlos vor. Tatsächlich war Anja ein paar Tage später wieder mit Paula bei ihren Eltern. Als ich mit Leo im Kinderwagen aus unserem Garten kam, traf ich Hilde und Anja mit Paula im Büro an. Ich ging hinein und wir begrüßten uns alle. Ich nahm Leo aus dem Wagen und ging mit ihm auf dem Arm zu Paula. Sie machte gerade ihre ersten Laufversuche, wobei Oma Hilde sie an beiden Händen führte. Danach ging ich mit Leo zu Anja, die nur mal kurz etwas im Internet nachschauen wollte. Ich fragte, ob sie Lust hätten, dann mal eine Runde mit den Kindern spazieren zu gehen, wenn Anja fertig war? „Oh jetzt ist es schlecht, vielleicht etwas später", sagte Anja und Hilde fügte noch hinzu, dass sie jetzt gleich Essen machen müsse. „Nicht weiter schlimm, dann eben etwas später, sagt mir einfach Bescheid", antwortete ich etwas enttäuscht und ging wieder in unsere Wohnung. Nach dem Mittag gönnte ich mir eine kleine Pause und machte den Fernseher an. Als ich mit Leo gerade auf der Couch saß, hörte ich Anja und ihre Mutter unter unserem Balkon reden. Sofort sprang ich auf und schaute aus dem offenen Fenster heraus, aber Hilde schob den Kinderwagen mit Paula schon Richtung Straße und Anja ging nebenher. Völlig enttäuscht schaute ich beiden hinterher. Wollten sie mir zeigen, dass sie mich nicht akzeptierten oder warum machten sie das? Ich kam mir ausgeschlossen und völlig allein vor. Hätte ich rufen sollen? Nein, schließlich hatte ich ja gerade mit beiden gesprochen. Sollte ich Leo in den Wagen legen und alleine eine Runde gehen und ihnen dann zufällig begegnen? Aber ich fühlte mich nach diesem Tiefschlag jetzt nicht in der Lage, alleine spazieren zu gehen und dann noch eventuell diesen Beiden zu begegnen. Aufgelöst griff ich deshalb zum Telefon und rief in meiner Verzweiflung weinend meine Mutter an. Ich hatte noch nicht einmal drei Worte gesagt, da merkte meine Mutter schon, dass etwas nicht stimmte. Nach kurzer Erzählung versuchte sie mich mit den Worten: „Lass sie laufen, das ist doch nicht schlimm, die werden dich schon ein anderes Mal fragen", zu beruhigen. Aber auch an den darauf folgenden Tagen sah ich die beiden immer wieder allein mit Paula spazieren gehen.

Ralf erzählte ich von dem Vorfall und dem damit verbundenem Problem für mich. „Die beiden sind nicht so, du musst nur auf sie zugehen", sagte er, und ergänzte, „Ich werde das regeln und mal mit meiner Mutter darüber reden." Trotz dieser Versprechungen geschah in der nächsten Zeit nichts. Später würde ich erfahren, dass er nie mit seiner Mutter darüber gesprochen hatte.

16

GESPRÄCH DER GROẞMÜTTER

Mir wurde immer bewusster, dass ich meinen Bekanntenkreis unbedingt erweitern musste. Ralf hatte keine Freunde, nur seine Familie und mit der wurde ich leider nicht richtig warm. Ich musste mir dringend etwas einfallen lassen. Eines Morgens klingelte mein Telefon und am anderen Ende war Nele. „Ich habe heute frei, wollen wir uns treffen oder hast du schon etwas anderes vor?" fragte sie. Ich antwortete: „Nein habe ich nicht und würde mich sehr freuen, wenn wir wieder mal quatschen könnten."´ Wir vereinbarten für ein Uhr Nachmittags ein Treffen bei mir. Voller Vorfreude sauste ich mit Leo auf dem Arm zu Ralf ins Büro runter und erzählte ihm von meinem Telefonat mit Nele und ihrem anstehenden Besuch. Er nahm es mit einem gelassenem: „Okay", zur Kenntnis. Erst jetzt bemerkte ich, dass auch Ralfs Eltern im Nebenraum des Büros zu Gange waren. Ich begrüßte sie mit einem: „Hallo", winkte mit Leos Händchen in ihre Richtung und verschwand gleich wieder, um das Mittagessen vorzubereiten. Pünktlich wie die anderen Tage kam Ralf um zwölf Uhr zum Essen.

„Warum kommt Nele heute zu dir?", waren Ralfs erste Worte. „Darüber haben wir doch gesprochen, sie hat heute frei und will sich mit mir treffen„, antwortete ich. Ralf bohrte weiter: „Hat die nichts Besseres zu tun als hier her zu kommen?" Jetzt schlug es allmählich Dreizehn. Musste ich mich wirklich dafür entschuldigen, wenn ich Besuch bekam? Ich versuchte trotzdem, ein paar beschwichtigende Worte zu finden und sagte: „Warum, es ist doch schön, wenn sie hier ist, dann bin ich nicht so alleine." Ralf entgegnete: „Du bist doch nicht alleine, du hast doch Leo und mit ihm sicher auch genug zu tun!" Ich versuchte noch, ihm zu erklären, dass ein Besuch von Freunden eine willkommene Abwechslung wäre, aber das Wortgefecht ging noch eine Weile weiter, bis Ralf letztlich doch einlenkte und sagte: „Ja, ich verstehe dich schon - macht euch einen schönen Nachmittag." Als er ergänzte: „Aber meine Mutter hatte früher keine Zeit für so etwas, als wir noch klein waren", war mir klar, woher der Wind wehte. Schon wieder ein Vorstoß von Hilde, mir das Leben schwer zu machen. Angesäuert sagte ich schließlich noch in einem etwas schärferen Ton: „Ich bin aber nicht deine Mutter", stand vom Tisch auf und verließ energisch das Zimmer.

Ralf aß danach noch fertig, beschäftigte sich noch etwas mit Leo und rief mir danach zu, als hätte er meine Erregung nicht bemerkt: „Na dann, euch einen schönen Nachmittag, ich gehe jetzt wieder in die Werkstatt." Ich stand da und dachte mir insgeheim, so eine Schlange, was geht die das an wen ich als Besuch empfange? Das hatte hoffentlich bald ein Ende, wenn wir ein eigenes Haus mit separatem Eingang haben und ein Stück weiter weg waren. Es dauerte nicht lange, da stand Nele vor der Tür. Ich erzählte ihr von unserem Streit. Sie sagte: „Mein Gott, du bist hier wie im goldenen Käfig gefangen." Ich konnte nicht an mich halten und erwiderte mit tränengefüllter Stimme: „Na so schlimm ist es hier ja auch nicht". Nele erkannte natürlich sofort meine innere Stimmung und versuchte mich etwas aufzuheitern: „Die hat bestimmt niemanden um sich zu unterhalten, und Freunde schon gleich gar nicht!", womit sie Ralfs Mutter meinte. Nele drückte mich ganz fest an sich und mir ging es danach gleich etwas besser.

Zwei Tage später kam meine Mutter zu Besuch. Ich war so froh, dass sie sich Zeit für mich genommen hatte, obwohl es für sie sicherlich genügend Anderes zu erledigen gab. Sie erzählte mir, dass sie sich eben mit Hilde im Büro unterhalten hatte. Hilde erzählte dabei, dass ich wöchentlich stundenlange Besuche hätte. Ich schaute meine Mutter ungläubig an und stellte klar, dass alle zwei Wochen mal eine Freundin vorbei kam. Ich fügte noch hinzu: „Hier auf dem isolierten Grundstück bin ich doch von Gott und der Außenwelt abgeschnitten, da brauche ich diesen Kontakt schon mal, sonst vereinsame ich doch total." „Außerdem kritisiert Hilde zurzeit alles was ich mache. Mal habe ich zu lange Besuch, dann hat sie Angst um ihren Ralf, dass er nicht pünktlich sein Essen auf dem Tisch stehen hat, ein anderes Mal trage ich die Kinderschale nicht richtig und das lange Stillen wäre ja auch nicht gut für das Kind. Aber all das sagt sie mir nie persönlich, sondern immer über Ralf". Meine Mutter verstand mich schon, aber meinte zu mir: „Kind nimm es dir nicht so zu Herzen, es gibt wesentlich schlimmere Situationen im Leben als diese!"

Auch Ralf erzählte ich von dem Gespräch unserer Mütter. Dazu sagte er nur kurz, dass meine Mutter da sicher nur etwas falsch verstanden hätte.

Meine Mutter besuchte mich zum Glück nun öfters. Einmal in der Woche kam sie nach ihrer Arbeit vorbei. Sie hatte wohl gemerkt, dass ich mich alleine fühlte und kaum noch Kontakt zu anderen hatte. Ralf war dies nur recht - offensichtlich gingen familiäre Besuche in Ordnung für ihn. An diesen Tagen arbeitete er meistens bis Neun Uhr abends in der Werkstatt. So gaben sich Ralf und meine Mutter fast die Klinke in die Hand, da sie um diese Zeit meist schon wieder nach Hause fuhr.

17

KELLERKIND

Mein liebes Kindchen, schrei doch nicht
Weh tut es mir, wenn du dich grämst.

Mein liebes Kindchen, sei nicht
traurig
In der Nacht holt dich der Schlaf.

Mein liebes Kindchen, sei doch still
Sonst kommt der böse Räuber,
Und weil so lieb ich dich hab
Musst leise Du sein.
Sonst tut es uns beiden weh.

Mein Verhältnis zu Hilde war mittlerweile sehr distanziert und deswegen ging ich ihr soweit wie möglich aus dem Wege. Martin hingegen war mir gegenüber sehr aufgeschlossen und freundlich. Er albert gerne mit Leo herum und auch ich vertrug mich gut mit ihm. Eines Tages kam ich wieder einmal voll beladen mit dem Kinderwagen vom Einkauf zurück. Hilde traf ich etwas wuselig im Büro an. Wir grüßten uns. Im gleichen Atemzug fügte sie aber hinzu, dass sie voll im Stress wäre und jetzt erstmal das Essen machen müsste. Anschließend wäre noch das Büro und die Toiletten sauber zu machen. Danach sollte sie noch mit dem Auto zum Bäcker fahren und Kuchen holen, da heute Nachmittag Anja mit Anhang vorbeikommen würde und sie auf ihre erneute Schwangerschaft anstoßen wollten. „Ich weiß ja gar nicht was ich zuerst machen soll, du könntest mir ja auch mal beim saubermachen helfen, aber du vertreibst dir ja lieber die Zeit mit telefonieren und Besuchen", tönte sie. Mit diesen vorwurfsvollen Worten lief sie an uns vorbei und verließ im Sturmschritt das Büro. Ich dachte mir nur, was sollte das jetzt? Ralf hatte mir mehrfach gesagt, dass seine Mutter ein Gehalt für das Putzen des Büros, des Personalraumes und der Toilette bekäme. Das sei ihre Aufgabe und deshalb bräuchte ich das nicht machen. Natürlich hätte ich ihr gerne geholfen, wenn sie mich einfach gefragt hätte. Aber eine Frage stellen oder mit einem Vorwurf eine Unterstützung erzwingen zu wollen waren immer noch zwei verschiedene Dinge.

Einige Momente später kam Opa Martin aus der Werkstatt ins Büro, begrüßte mich und hob gleich Leo aus dem Wagen. Er trug ihn auf seinem Arm durchs Büro und zeigte ihm das große Reißbrett mit den vielen Stiften. In der Zwischenzeit trug ich schnell meinen Einkauf nach oben. Es erfreute mich sehr, wie Martin sich mit Leo beschäftigte und mir mit dieser kleinen Geste half. Zum Mittag erzählte ich sofort Ralf davon, wie liebevoll sich doch sein Vater mit Leo beschäftigt hatte. Ich konnte richtig spüren, wie Ralf sich darüber freute. Er nahm mich liebevoll in den Arm und küsste mich sanft auf den Mund. Ich erzählte ihm auch von dem Auftritt seiner Mutter. Er meinte: „Du sagst es selber, sie war im Stress.", und ergänzte: „Da hat sie etwas überreagiert, putzen muss sie doch nicht unbedingt heute, wenn sie noch so viel zu tun hat." Ich erwiderte: „Der gehen doch meine Besuche weiß Gott nichts an und telefonieren lasse ich mir vielleicht auch noch von deiner Mutter verbieten?" „Hallo Schatz, sie hatte absoluten Stress und war vielleicht etwas ungehalten. Sie wird ja schließlich für das Putzen mit bezahlt. Und ansonsten hat sie ja wirklich keine großen Aufgaben hier. Ich werde nochmal mit ihr reden."

Es war Samstag und wir wollten am Nachmittag zu meiner Mutter und Christian in den Garten fahren, da die beiden eine kleine Feier mit Freunden ausrichten wollten. Gegen Mittag kam Ralf plötzlich zu mir gelaufen und sagte freudestrahlend: „Schatz, wir sind heute Nachmittag bei meinen Eltern zum Kaffee im

Garten eingeladen und meine Schwester kommt ebenfalls mit Mann und Paula." „Du machst Scherze mit
mir. Wir sind doch heute Nachmittag zu meiner Mutter in den Garten eingeladen und haben auch schon
zugesagt! Deine Eltern hätten doch auch mal eher
etwas sagen können, meine Mutter hat sich sicher
auch schon darauf eingerichtet". Ralf meinte: „Anja
hat sich erst kurzfristig entschieden, das wussten sie
auch nicht eher." Und so diskutierten wir noch eine
Weile, bis ich meine Mutter anrief und ihr zähneknir-
schend absagte. Trotz der Absage zeigte sie Verständnis für diese Situation. Sie wusste ja, dass wir recht
selten bei seinen Eltern eingeladen waren und hoffte,
dass sich das Verhältnis zwischen uns dadurch etwas
verbessern würde.

Kurz bevor wir zu seinen Eltern gehen wollten,
fing es an zu regnen. „Ich schaue mal, was meine Eltern nun bei dem Wetter machen", sagte Ralf und zog
die Tür hinter sich zu. Nach zehn Minuten kam er völlig durchnässt wieder rein. Er hatte mit seinen Vater
alles aus dem Garten wieder ins Haus geräumt und seine Schwester sei auch gerade erst gekommen, erzählte er mir. Ralf zog sich trockene Sachen an, föhnte sich
noch schnell die Haare und schon gingen wir mit dem
Regenschirm und Leo auf dem Arm zu Ralfs Eltern
rüber. Anja saß schon am Kaffeetisch und ihr Mann
Thorsten schaute noch Sport. Hilde war derweil noch
in der Küche beschäftigt mit Kaffee kochen. Wir begrüßten uns alle herzlich und nahmen anschließend
an der Kaffeetafel Platz. „Wo habt ihr denn Paula?",

fragte ich Anja. Sie sagte: „Opa hat sie in das Schlafzimmer im Keller gebracht, weil sie rumgebockt hat."

Wenn es ruhig war, hörte ich sie schluchzen und
weinen. Ich fand das nicht in Ordnung, sagte aber vorerst nichts weiter dazu.

In der Zeit, in der wir am Kaffeetisch saßen, be-
schäftige ich mich intensiv mit Leo, damit er nicht anfing zu quengeln. Als ich zur Toilette gehen musste,
fragte ich Anja, ob ich Paula mitbringen sollte. „Nein,
das macht mein Vater selber, er hat Paula runter geschafft und holt sie dann auch wieder hoch", antwortete mir Anja barsch. Okay, aber ist diese Bestrafung
auch richtig, ging es mir durch den Kopf. Ich würde
so etwas nicht mit meinem Kind machen, da gibt es
andere Möglichkeiten als wegsperren. Martin bekam
das Gespräch zwischen Anja und mir mit, obwohl er
am anderen Ende des Tisches saß. Dies war der An-
stoß für ihn in den Keller zu gehen und die kleine Paula
zu holen. Ich hörte, dass Paula wie am Spieß schrie, als
Martin mit ihr aus dem Keller hoch kam. Er war sichtlich bemüht sie zu beruhigen und lief erst noch eine
Weile mit ihr auf dem Arm durch das Haus, bevor er
zu uns in die Wohnstube kam. Erst als Paula bei ihrer
Mutter auf dem Schoß saß und ihre Nähe und Wärme
spürte, fand sie schluchzend Ruhe. Nachdem sie sich
weiter beruhigt und auch etwas gegessen hatte, haben
wir die Kinder zusammen auf dem Fußboden spielen
lassen. Paula gab Leo ihr Spielzeug und sie beschäftigten sich ausdauernd und lieb miteinander.

Ich fand diese Erziehungsmaßnahme mit dem

Wegsperren nicht in Ordnung und wollte deshalb auch mit Ralf darüber sprechen. Noch am selben Abend teilte ich Ralf meine Bedenken mit, da mich das Thema zu sehr beschäftigte. Er hörte mir aufmerksam zu. „Am besten mischst du dich da nicht ein, das ist nur Anjas Sache und Paula ist auch ihr Kind. Sie ist eine gute Mutter und weiß, was sie macht. Wir wollen ja auch nicht, dass sie sich bei uns einmischt. Außerdem hören Hilde und ich vom Büro aus Leo auch öfters aus der Wohnung schreien, wenn ihr zwei dort seid." Ich schaute verwundert zu Ralf und war etwas überrascht über seine Aussage, wo er doch genau wusste, dass Leo ein sehr ausgeglichenes Kind war und nur selten mal weinte. Wenn man diesen Gedanken weiter sponn, würde Leo am Ende auch in den Keller verfrachtet werden, nur weil er einmal Hunger hatte oder sich aus sonst irgendeinem Grund nicht wohl fühlte. Mir schnürte es die Eingeweide zusammen bei diesem Bild und ich bat Ralf mir zu versprechen, unser Kind niemals in den Keller einzusperren. Ralf sagte mit beruhigender Stimme: „Leo ist doch sowieso nicht so oft bei der Oma". Ich fand seine Antwort nicht wirklich beruhigend, aber ich beließ es dabei, um keinen weiteren Streit auszulösen. Ehrlicherweise hoffte ich es mehr als dass ich wusste, dass Ralf hier ganz auf meiner Seite war. Immerhin war das die Zeit, als Leo immer öfter damit beschäftigt war, die ersten Krabbelversuche auf dem Fußboden zu unternehmen. Ich unterstützte ihn dabei, indem ich mich mit etwas Abstand vor ihn legte und mit sanfter Stimme lockte.

Auch Ralf blieben die ersten Versuche nicht verborgen und er freute sich mindestens genauso wie ich über die Fortschritte unseres Kindes. Der Vorfall mit Paula im Keller geriet so etwas ins Hintertreffen.

18

KRABBELGRUPPE

Als Ralf einmal etwas früher aus der Werkstatt kam und Leo gerade wieder am herumkrabbeln war, fasste ich mir ein Herz und sagte ihm, dass ich mich hier sehr alleine fühlte und auch gerne mal andere Mamas treffen wollte. Ich erzählte ihm von unserem heutigen Impfbesuch beim Kinderarzt und dass ich dort ein Prospekt von einer Krabbelgruppe gesehen hatte. „Diese ist auch gleich hier in der Nähe", sagte ich mit sehr viel Euphorie in der Stimme. „Aber Schatz, du hast doch hier alles was du brauchst. Einen großen Garten, wo du mit Leo spielen kannst und eine schöne Wohnung in der du dich wohl fühlst. Meine Mutter ist auch nicht mit uns Kindern in eine Krabbelgruppe gegangen." Mit diesen Worten versuchte Ralf meiner Bitte entgegen zu wirken. „Ja aber ich bin doch nicht deine Mutti und möchte mich gerne mit anderen Mamas austauschen. Es ist doch nur einmal in der Woche vormittags und dauert eine Stunde. Das wird doch machbar sein", entgegnete ich bestimmend. „Und was ist da mit Mittag, da bist du wohl nicht da?", fragte Ralf. „Das ist doch kein Problem mein Schatz, da koche ich schon vor und du machst es dir nur noch warm", versuchte ich ihn zu überzeugen und ergänzte: „Außerdem wird es Leo gut tun, auch mal Kontakt zu anderen Kindern zu haben." Schließlich gelang es mir mit viel Feingefühl und meiner Unnachgiebigkeit Ralf davon zu überzeugen.

Also meldete ich uns für den Donnerstagskurs in einer Krabbelgruppe an. Wir waren zu sechst und Leo gefiel es sehr gut. Er fühlte sich durch die anderen Kinder angespornt, noch ausdauernder zu krabbeln, als er es schon tat. Man konnte denken, die Kinder versuchten sich zu fangen, so krabbelten sie einander hinterher. Ich konnte mich in dieser Zeit total entspannen und mit den anderen Muttis über die Kinder austauschen. Die Zeit verging immer viel zu schnell und die kleinen Krabbelmonster kamen erst so richtig in Fahrt, als schon wieder Schluss war.

Als ich nach dem zweiten Besuch mit Leo in der Babyschale zu Hause in das Büro kam, warteten Ralf und seine Eltern schon auf mich. Freudig erzählte ich ihnen von Leos Fortschritten, die er in der Krabbelgruppe machte. Aber anstatt sich darüber zu freuen, entgegnete Oma Hilde darauf, dass sie mit ihren Kindern solche neumodischen Sachen auch nicht gemacht hätte. Anja wäre mit Paula ebenfalls nicht in eine Krabbelgruppe gegangen und alle haben auch so laufen gelernt. Mittlerweile wurde Leo in der Babyschale unruhig, denn es war Zeit für seine Mahlzeit. „Ich gehe jetzt erstmal hoch, um ihm etwas zu essen zu geben", sagte ich im Gehen. Auf der ersten Treppenstufe hörte ich Hilde fragen: „Stillst du Leo immer noch oder bekommt er schon Gläschen?" Was sollte denn jetzt diese Überleitung? Ich erklärte ihr, dass er mittlerweile ein halbes Gläschen zum Mittag bekam und ansonsten von mir noch gestillt wurde. „Willst du nicht langsam mal abstillen und ihm endlich etwas Richtiges zu essen geben?", fragte Hilde erneut. Im gleichen Augenblick kam Opa Martin zu Leo und machte ein Späßchen mit ihm. Hilde schob noch eine vorwurfsvolle Fragenreihe nach. „Wie lange willst du denn noch stillen? Er soll wohl noch mit sieben Jahren an deiner Brust zuppeln oder willst du ihm dann eine Fußbank hinstellen, damit er rankommt?" Ich dachte mir, Nicole bleib jetzt ganz ruhig und sag nichts. Leo ist jetzt gerade mal sechs Monate alt und ich fange jetzt nicht mit der Flaschenmilch an. Außerdem war die Muttermilch gut für ihn, dachte ich mir noch und ging wortlos hoch. Ralf beschwerte sich zwar jeweils die darauffolgenden Donnerstage bei mir, dass es nichts Ordentliches zum Mittag gab und er allein essen musste, aber das war mir in dem Moment egal. Leo und mir taten diese Abwechslung und der Kontakt zu anderen Menschen gut und das war mir wichtig.

19

PAULA WIRD VERLETZT

Es war Anfang Januar und der Winter hatte die ganze Landschaft in ein herrliches Weiß getaucht. Ich war gerade auf dem Rückweg vom Spaziergang mit Leo, der von seinem Kinderwagen aus völlig begeistert die Schneeflocken beim Tanz beobachtete. Es war der erste Schnee, den er überhaupt in seinem Leben zu sehen bekam. Besonders verblüffte ihn, wenn eine Schneeflocke in sein Gesicht fiel und dann schmolz. Zuhause angekommen nahm ich Leo aus dem Kinderwagen und ging mit ihm zu Ralf ins Büro. Ich hörte von dort, wie Hilde ganz aufgeregt telefonierte und dabei sagte: „Das ist doch nicht so schlimm, wir sagen einfach sie ist dir von Wickeltisch gefallen, das kann doch jedem passieren", und ergänzte: „Rege dich jetzt nicht so auf und denke an deine Schwangerschaft." Ich fragte Ralf, was passiert war. Er zuckte nur mit den Schultern und konnte mir auch nichts Näheres sagen.

Als Hilde mit dem Telefonieren fertig war, sagte sie uns, dass Anja mit den Nerven am Ende war und am Telefon geweint hatte. Anjas Mann Thorsten war mit Paula ins Krankenhaus gefahren, da Paula der Anja vom Wickeltisch gefallen war und sich dabei wahrscheinlich ein Bein gebrochen hatte. Ich war etwas verwundert darüber, dass Anja nicht selber ins Krankenhaus gefahren war. Auch Hilde konnte mir dazu nichts sagen. Ich vertiefte das Thema nicht weiter und nahm stattdessen Leo in den Arm und ging zu unserer Wohnung hoch. Noch auf dem Weg dahin hörte ich Hilde zu Ralf und Martin sagen: „Das ist nicht so schlimm, kann ja mal passieren." Ich dachte mir noch, dass Hilde ganz bestimmt viel aufbrausender regiert hätte, wäre mir so ein Malheur passiert. Am Abend telefonierte ich mit meiner Mutter und berichtete ihr von den Neuigkeiten des Tages bei uns. Ihre ersten Worte waren: „Bloß gut, dass dir das nicht passiert ist, da wäre das Problem sicher riesengroß."

Am nächsten Tag ging ich mit Leo in die Werkstatt und wollte zusammen mit Ralf und Opa Martin ein paar Fotos machen. Ich schaute Ralf bei der Arbeit an der großen Pressmaschine zu, als Anja mit der kleinen Paula auf dem Arm und Hilde im Schlepptau in die Werkstatt kam. Mir fiel als erstes Paulas kleines eingegipstes Beinchen auf. Ich ging gleich zu ihnen hin und begrüßte sie. Umgehend fragte ich Anja mit mitfühlender Stimme, was denn nun genau geschehen war. Anja suchte sofort mit ihren Blicken Hilfe bei ihrer Mutter, die auch sofort einsprang und mir antwortete: „Paulinchen, der kleine Wildfang ist von der Wickelkommode gefallen, das kann jedem einmal passieren, aber zum Glück ist deiner noch klein und nicht ganz so lebhaft." Sie ergänzte dann noch: „Der Arzt hat gesagt, dass es nicht so schlimm war und bald wieder verheilt sein wird." Anja nickte nur zustimmend. Hilde nahm ihr die Kleine ab und drehte sich zu Leo um und sagte: „Da schau mal, die kleine Paula hat ein ganz krankes Beinchen, die kann jetzt gar nicht mehr laufen." „Pass auf, dass dir nicht auch mal so was passiert. Jetzt zeigen wir das mal dem Opa". Hilde zog Anja am Arm und meinte: „Komm jetzt", und schon gingen sie an mir vorbei. Ich dachte mir so, was war das denn jetzt? Drei Worte mehr hätte Anja auch mal selber sagen können. Na ja, vielleicht möchte sie einfach nur nicht immer wieder darauf angesprochen werden. Das konnte ich schon verstehen.

Mit Leo auf dem Arm folgte ich den Beiden in Richtung Opa Martin, der im hinteren Teil der Werkstatt war. Auch er bedauerte die Kleine und gab ihr zur Begrüßung ein Kuss auf das Näschen. Ich stand nun mit Leo bei ihnen, aber Martin war so in das Gespräch mit Anja vertieft, dass er uns zuerst gar nicht bemerkte. Erst als ich ihn begrüßte nahm er uns wahr und rief: „Ach ihr seid ja auch hier, schaut euch doch mal das kranke Beinchen von unserem Mäuschen an." Hilde sagte nur kurz: „Das hat sie doch schon gesehen", und wendete sich wieder Martin zu. Sich Anja zuwendend sagte sie dann: „Wir werden mal eine kleine Runde gehen, damit Paulinchen ein bisschen gesunde Landluft schnuppern kann.", „Das tut ihr sicher gut". Ich sagte: „Ich würde mit euch mitkommen". Anja antwortete: „Okay, wir ziehen uns nur noch an und holen dich dann ab." Ich freute mich über Anjas Zusage. Ich machte uns schnell fertig und wartete angezogen mit Leo im Wagen auf die Drei vor dem Büro. Ich sah Anja ohne Wagen zu mir kommen. Anja entschuldigte sich bei mir, da es so verschneit sei und die Bremse am Wagen öfters blockiere. Die müsse erst noch repariert werden. „Wir haben uns das noch einmal überlegt und bleiben daher lieber drin. Das ist doch sicher nicht so schlimm, dann gehst du eben mal eine Runde alleine." Das kann doch nicht wahr sein, die schaffen es nicht, dass wir mal gemeinsam spazieren gehen können, dachte ich. „Das bin ich ja schon gewohnt", sagte ich enttäuscht und lief alleine los. Ich fühlte mich einsam und war verletzt - wenn es nicht so kalt und verschneit gewesen wäre, dann hätte ich mich auf einen Baumstumpf gesetzt und geweint, aber so bin ich Richtung Straße gestapft und die Tränen kullerten nur so über mein Gesicht.

Zwei Tage später brachte ich nach dem Frühstück gerade den Müll aus dem Haus, da begegne ich Thorsten, der gerade den Kinderwagen aus seinem Auto lud. „Na ist alles wieder okay am Kinderwagen", frage ich ihn. „Am Wagen? Was ist mit unserem Wagen?" „Ich dachte die Bremsen sind defekt." Er schaute mich verwundert an und betätigte die Bremse zur Probe. „Schau nur, es funktioniert alles super, sonst hätte Anja schon etwas gesagt", sagte er und nahm Paula aus den Auto. „Paula bleibt heute nochmal bei Oma, da sie vom Stuhl gefallen ist und sich am Arm weh getan hat. Sie soll heute mal noch nicht in die Kita gehen und sich etwas schonen." Ich verabschiedete mich von Thorsten und wünschte Paula gute Besserung. Anschließend brachte ich meinen Abfallsack zur Mülltonne und machte schnell kehrt, da ich nur leicht bekleidet war und durch die Kälte anfing zu frieren. Auf dem Rückweg machte ich mir so meine Gedanken über das gerade Erfahrene.

Eine Schneeflocke fällt vom Himmel,
In großer Höh' und ohne Laut geboren,
Fällt sie langsam durch die Zeit
Auf ihrem Weg vom Winde begrüßt,
Harrt unten die schwere Erde schon
Tanzend durch die Luft sie fliegt
Wirbelnd mit Andern ihrer Art.
Am Boden angekommen wartet die Ruh'
Sie bettet sich, und singt lautlos
Singt ein Lied von Frieden und Stille
Bis an einem Tag die Wärme kommt
Dann ist die Zeit zu Ende,
Und die Schneeflocke weint eine Träne.

20

DOCH NOCH EIN HAUS

An einem sonnigen Sonntag im Frühjahr kam Ralf gegen Mittag aus dem Garten seiner Eltern, wo er gerade Holz gesägt und gespalten hatte. Als er zur Haustür herein kam, rief er mir zu: „Hör mal, meine Schwester kommt heute mit ihrer Familie zu meinen Eltern zum Kaffee"´, „Wenn wir wollen, können wir mit rüber gehen, oder?" Ich entgegnete leicht konsterniert: „Eigentlich hatten wir doch ausgemacht, zu meiner Mutter und Christian zu fahren", und ergänzte, „Außerdem hätten deine Eltern uns das auch etwas eher sagen können". Dabei schaute ich ihn an und sah in seinem Blick ein liebevolles Erwarten. „Meine Eltern haben das auch erst jetzt mit Anja ausgemacht", erklärte er mir. Ich merkte, dass ihn die Einladung glücklich machte, da dies nicht so oft vorkam. Also sagte ich meiner Mutter wieder einmal ab. Zum Glück hatte sie Verständnis für diese Situation.

Geschwind buk ich noch schnell einen Rührkuchen, um ein kleines Mitbringsel zu haben. Als unser kleiner Schatz ausgeschlafen hatte, bestrich ich den Kuchen mit Schokoladenguss und Leo verteilte die bunten Streusel auf Kuchen, Tisch und Fußboden. Nachdem ich das Chaos wieder beseitigt hatte, zog ich ihm seine schnuckelige blaue kurze Hose und den dazugehörigen Body an. Ich selbst schlüpfte in mein kurzes buntes Sommerkleid und wir drei gingen zu Oma Hilde. Ralf gab Leo den Kuchen in die kleinen Hände und er tippelte ganz stolz über die Wiese zu Oma und Opa. Hilde hatte alles sehr schön vorbereitet und Ralfs Schwester Anja war auch schon da. Sie saß in der Sonne auf einem Stuhl, lächelte uns an und streichelte ihr doch schon stattliches Bäuchlein. Hilde war gerade mit Paula beschäftigt - sie sah sich zusammen mit ihr ein Blümchen an. Leo brachte stolz seinen Kuchen zu Opa Martin. Dieser schaute mich von oben bis unten musternd an und sagte dann schmeichelnd zu mir: „Du hast ja nach so kurzer Zeit schon wieder deine tolle Figur zurück und siehst aus wie eine Prinzessin aus dem Orient." Hilde entgingen die Schmeicheleien ihres Mannes nicht. Sie warf einen oberflächlichen Blick zu mir und erwiderte nur: „Ein bisschen kurz". Martin legte nach: „Sie kann es doch gut tragen, sie hat doch schöne Beine". Ich schaute kurz verlegen zu Ralf, der aber davon gar nichts mitbekommen hatte, da er sich mit Thorsten unterhielt. Nach der Begrüßung erzählte ich freudig, dass Leo die bunten Streusel selbst auf dem Kuchen verteilt hatte. Ralf, der sich zwischenzeitlich zu seinem Vater gestellt hatte, strahlte zusammen mit Leo wie ein Honigkuchenpferd übers ganze Gesicht. Beide waren stolz, Ralf auf Leo und Leo auf seinen schönen Kuchen. Oma Hilde schenkte dem Kuchen nur einen kurzen Blick und sagte: „Schön gemacht, Paula streut auch immer Streusel auf den Kuchen wenn ich backe." Sie fing gleich an zu schwärmen, wie sie immer mit Paula Kuchen zubereitete. Ich dachte mir nur: „Wie toll, von unserem Leo kann sie so etwas nicht erzählen, der ist ja auch nie bei ihr." Anja war hocherfreut über die Worte ihrer Mutter und unterhielt sich angeregt über die Fortschritte von Paula, die immer noch auf Omas Arm war. Leo beschäftigte sich inzwischen mit Paulas Spielzeugkiste. Während der Kaffeerunde fragte mich Thorsten, weshalb wir nicht schon früher rüber gekommen sind. Sie hätten uns etwas Wichtiges mitzuteilen. Ich antwortete etwas verdutzt, dass wir doch gerade erst zum Kaffee eingeladen worden waren und Leo noch sein Mittagsschläfchen gemacht hätte. „Muss Leo etwa immer noch Mittags schlafen?", fragte mich Anja, und Hilde ergänzte gleich noch: „Unsere Paula macht schon lange keinen Mittagsschlaf mehr." Okay dachte ich mir, Leo ist fast ein Jahr jünger und braucht mit seinen noch nicht mal anderthalb Jahren auf jeden Fall noch den Mittagsschlaf. Ich verkniff mir eine Äußerung und sagte nichts weiter dazu.

Plötzlich kam Bewegung in die ganze Gesellschaft.
Thorsten brachte auf einmal leere Sektgläser auf einem Tablett und Hilde schleppte gleich mehrere gekühlte Sektflaschen heran. Er goss sehr gekonnt den Sekt in die Gläser ein und übergab danach fast feierlich jedem ein Glas. Die Kinder spielten derweil ganz lieb miteinander im Sandkasten, den Opa Martin fachmännisch für seine Enkel gebaut hatte. Mit dem Sektglas in der einen Hand und einem Kaffeelöffel in der anderen, bat Thorsten mit einem leisen Klingen am Glas um Aufmerksamkeit. Martin, Hilde und Anja schauten uns strahlend an, als Thorsten mit seiner Rede begann. Wir blickten erwartungsvoll in die Runde, da wir bis jetzt noch nicht wussten, was hier jetzt passierte.

„Wir haben uns heute hier getroffen, weil wir euch mehrere Neuigkeiten mitteilen wollen", waren Thorstens einleitende Worte, „Zum einen wisst ihr ja, dass wir bald Nachwuchs bekommen werden. Ehrlich gesagt, ist das aber nur die halbe Wahrheit. Wir werden bald nicht nur zu viert, sondern zu fünft sein. Die Ultraschalluntersuchung hat deutlich gezeigt, dass Anja Zwillinge bekommen wird." Darauf sollten wir doch erst einmal anstoßen und Thorsten erhob das Glas. Wir ließen die Gläser klingen und freuten uns gemeinsam mit Anja und Thorsten. Sie streichelte dabei ihren Bauch und Thorsten strahlte über alle Maßen. „Das wird nicht einfach werden mit Zwillingen, aber vielleicht werden sie genauso lieb, wie ihr zwei einmal wart", fügte Hilde noch lächelnd hinzu. Thorsten ergriff wieder das Wort. „So, das war die erste große Neuigkeit und die zweite folgt sogleich. Aber vorher möchte ich nochmal eure Gläser auffüllen, damit beim nächsten Anstoßen keiner ein leeres Glas hat. Wie ihr ja alle wisst, ist unsere Wohnung jetzt schon sehr klein. Deshalb haben wir nach einer Lösung gesucht und mit Martin und Hilde gesprochen. Sie wollen uns den vorderen Teil des elterlichen Gartens geben. Wir haben uns daher überlegt, auch hier auf dem Familiengrundstück zu bauen, gleich neben euch. Da hätten wir dann auch genügend Platz für uns fünf. Einen Architekten haben wir schon mit der Planung beauftragt und hoffen bald beginnen zu können." Alle Blicke richteten sich in diesem Moment auf uns. Ralf schaute mich hilflos und überrascht an. Ich freute mich für Anja und Thorsten, aber gleichzeitig hatte ich jedoch starke Zweifel, ob dies die optimale Lösung wäre. Mir ging in dem Moment nur durch den Kopf: Drei Familien auf einem Grundstück, ob das gut geht? Nun ja, in anderen Familien geht es ja auch, da wird es hier bei uns auch möglich sein, versuchte ich mich selber zu beruhigen. „So nun lasst uns darauf anstoßen", sagte Thorsten und erhob sein Glas. Anja und Thorsten führten die ganze Gesellschaft gleich darauf in den Garten zu ihrem neuen Grundstück, wo demnächst ihr Haus errichtet werden sollte. Dort angekommen, standen wir direkt neben unserer Baustelle und Thorsten erläuterte uns überschwänglich sein Bauvorhaben. Er zeigte uns auch den Verlauf der Grundstücksgrenze. Dadurch verringerte sich unser geplanter Vorgarten auf einen Schlag um drei Meter. Ich sah Ralf an, wie bedient er war. „Da haben wir ja gar keinen Vorgarten mehr um Tische und Stühle herauszustellen. Die ganze Zeit haben wir das Grundstück der Eltern mit gepflegt und uns darum gekümmert. Ich hätte wenigstens erwartet, dass jemand mit uns im Vorfeld über euer Vorhaben spricht, dann hätten wir noch etwas bei unserer Hausplanung verändern können. So aber werden wir vor vollendete Tatsachen gestellt, das ist absolut nicht in Ordnung." „Aber ihr habt doch noch ein Stück Garten hinter der Werkstatt, wo ihr sitzen könnt", versuchte Anja ihren Bruder zu beruhigen. Thorsten meldete wieder zu Wort. „Morgen wollen wir in die Baumschule fahren, um große Edel-Thujas zu kaufen. Damit soll die Grenze zu den drei unterschiedlichen Grundstücken kenntlich gemacht werden. Da würden wir auch Paula bei euch lassen, das ist doch sicher kein Problem, oder?" Hilde sagte liebevoll: „Wir nehmen sie doch immer gerne!" Und Martin fügte noch hinzu: „Und die Hälfte der Rechnung für die Pflanzen übernehmen wir, so wie besprochen." Ralf kam zu mir, nahm mich an die Hand und sagte zu allen: „Wir werden jetzt gehen". Mir kam das sehr entgegen, da auch ich fassungslos war.

Zurück in unserer Wohnung besprachen wir gleich noch einmal die unerwarteten Neuigkeiten. Ich sagte Ralf, dass ich mich für seine Schwester und seinen Schwager freute, denn sie brauchten wirklich eine größere Wohnung. Gleichzeitig drückte ich aber auch meine Bedenken aus und erinnerte ihn daran, dass ich ihn schon bei der Auswahl des Baugrundstückes gefragt hatte, ob seine Schwester nicht eventuell auch hier bauen würde. Ich hatte ihn damals gebeten mit seiner Schwester darüber zu sprechen, aber er hatte gemeint, dass seine Schwester und Thorsten nie hierher an den Stadtrand ziehen würden, da sie Stadtmenschen wären. Ich bemerkte Ralfs Betroffenheit. „Ich konnte doch nicht ahnen, dass die Zwei hier bauen wollen. Dann hätten wir woanders ein Grundstück gekauft. Wir können jetzt nur hoffen, dass sie vielleicht keine Baugenehmigung bekommen und woanders bauen müssen. Wir hatten ja auch schon Schwierigkeiten mit der Baugenehmigung und haben sie nur wegen der Tischlerei bekommen und weil ich es als ein Ausstellungshaus für Kunden deklariert habe." Er ließ sich ins Sofa fallen und sagte dann noch: „Ich glaube nicht, dass das was wird mit dem Bau." Ich ging zu ihm und nahm seine Hand und versuchte ihn etwas zu trösten. „Das schaffen wir schon Liebling, auch wenn sie hier bauen sollten. Wir haben doch schließlich uns und mehr brauchen wir doch nicht."

Ein halbes Jahr verging und der Hausbau von Ralfs Schwester war in dieser Zeit kein Thema mehr gewesen. Als es fast so weit war mit den Zwillingen, fuhren Thorsten und Anja in eine Geburtsklinik. An jedem Dienstag hatte meine Mutter einen kurzen Arbeitstag, an dem sie uns oder wir sie besuchen konnten. So auch an jenem sonnigen Tag, als Anjas Geburtstermin unmittelbar bevorstand. Ich stand gerade ne-

ben Leo, der in einer Hängeschaukel saß, als ich Oma
Sabines Auto durch die Toreinfahrt kommen sah. Leo
war ganz aufgeregt, als er meine Mutter aussteigen
sah. Sie kam auf uns zu und begrüßte uns. Jetzt gab
es kein Halten mehr für Leo. Er zappelte wie verrückt
in der Schaukel und wollte endlich aus seinem Sitz be-
freit werden. Als ihn Oma Sabine aus der Schaukel be-
freit hatte, war seine Freude riesengroß. Sie umarmten und küssten sich, als hätten sie sich Monate nicht
gesehen, dabei waren es nur einige Tage gewesen. Ich
freute mich über dieses innige Verhältnis der beiden.
Wir gingen gemeinsam zu Ralf in die Werkstatt rüber.
Kaum hatte meine Mutter Ralf begrüßt, da kam Hilde ganz aufgeregt mit Paula herein. „Thorsten hat gerade aus der Klinik angerufen. Anja hat es jetzt endlich geschafft. Es sind zwei gesunde Jungs, aber es war
nicht einfach für sie. Ich habe das ja auch schon durch
und weiß wovon ich spreche. Da ist jetzt unsere kleine Paula eine große Schwester." Ich fragte neugierig:
„Wie heißen denn die Beiden?", da Anja die Namen bis
zum Schluss nicht preisgeben wollte. „Tim und Tom",
antwortete Hilde ganz knapp. „Das sind ja lustige Namen", entgegnete ich. „Wir werden morgen Anja mal
in der Klinik besuchen". Hilde entgegnete sehr bestimmend: „Ihr braucht nicht vorbei kommen, da sie nicht
so viel Besuch möchte". Ich meinte nur: „Dann rufen
wir sie morgen wenigstens an". Sie blickte mich musternd an und schwenkte unvermittelt auf ein völlig anderes Thema um. „Hast du schon wieder eine neue Jacke? So viel Zeit habe ich nicht, um ständig in der Stadt

herumzuscharwenzeln." Sie drehte sich um und ging mit Paula rasch zur Tür hinaus. Ralf, meine Mutter und ich schauten uns verwundert an und fragten uns, was das jetzt war? Ich holte tief Luft und sagte darauf kopfschüttelnd: „Diese Jacke habe ich schon mit hier her gebracht und Sachen für mich habe ich schon ewig keine mehr gekauft."

21

Zweites Kind und Heirat

Wir sprachen bei der Planung unserer gemeinsamen Zukunft immer von zwei Kindern. Als sich bestätigte, dass ich wieder ein Kind erwartete, waren wir überglücklich und Ralf machte mir noch am selben Tag einen Heiratsantrag. Es war ein Samstagnachmittag und ich hatte vormittags eine Quark-Sahne-Torte nach dem Rezept meiner Oma gebacken. Zum Nachmittag hatte uns meine Mutter eingeladen, und am Kaffeetisch unterbreiteten wir die Neuigkeiten, dass wir dieses Jahr im Mai heiraten wollten und nochmal Nachwuchs bekamen. Die Feierlichkeit sollte nur im kleinsten Familienkreis stattfinden, da es mir in der letzten Schwangerschaft nicht immer gut ging und ich vermutete, dass es diesmal wieder ähnlich sein würde. Für das darauffolgende Jahr war dann eine große kirchliche Hochzeit geplant. Beide freuten sich sehr für uns und Christian scherzte: „Na wenigstens sind wir eingeladen". Für den darauffolgenden Tag luden wir Ralfs Eltern zum Kaffee zu uns nach Hause ein. Ich hatte für sie extra noch einen leckeren Pflaumenkuchen mit knusprigen Streuseln gebacken. Ralf erzählte seinen Eltern von unseren Neuigkeiten. „Na dann hat sie es ja geschafft", meinte Hilde spitz. Martin versuchte zu besänftigen. „Lass die beiden doch. Es ist so schön, wenn alles in geordneten Verhältnissen verläuft." Mir verschlug es allerdings die Sprache und am liebsten hätte ich ihre verbale Entgleisung passend beantwortet. Aber ich wollte in diesem glücklichen Moment keinen Streit lostreten und beließ es dabei. Martin schenkte mir einen Saft ein, und allen anderen ein Glas Sekt. Mit einem etwas mulmigen Gefühl im Bauch stieß ich mit ihnen auf die Neuigkeiten an.

Der Tag unserer Hochzeit rückte immer näher. Ich hatte liebevoll die Einladungskarten für den Standesamtstermin geschrieben und Ralf hatte sich um den kulinarischen Teil nach der Hochzeit gekümmert. Heute war es nun soweit. Der Tag von dem alle Frauen träumten und der nie zu Ende gehen möge war da. Auch wenn es nicht viele Gäste gab, war ich sehr aufgeregt. Meine Mutter und Christian kamen schon früh am Tag zu uns, da der Standesamtstermin schon für den Vormittag anberaumt war. Sabine steckte mir meine langen dunklen Haare zu einer Hochfrisur und arbeitete gekonnt das kleine Hütchen mit Schleier ein.

Das lange Brautkleid kaschierte sehr schön meinen doch schon runden Bauch. Meine Aufregung übertrug sich auch auf Leo. Er war sehr quirlig und lief immer wieder um uns herum. Endlich war ich fertig hergerichtet und jetzt musste nur noch unser kleiner Sonnenschein angekleidet werden. Mit einer dunklen Jeans und einem dazu passenden kurzärmligen Hemd sah er aus wie ein kleiner Prinz. Ralf machte sich derweil bei seinen Eltern schick. Da wir alle gemeinsam zum Standesamt fahren wollten, trafen wir uns zur vereinbarten Zeit in der Empfangshalle des Büros. Als ich die Treppe aus unserer Wohnung Richtung Büro hinab schwebte, stand Ralf schon unten. Er hatte einen ganz eleganten dunklen Anzug mit weißem Hemd angezogen und in der Hand hielt er einen wunderschönen Brautstrauß aus rotweisen Rosen. Genauso stellte ich mir den Mann meiner Träume vor. Ich war so verzaubert von ihm wie am ersten Tag.

Gemeinsam fuhren wir mit unserer kleinen Hochzeitsgesellschaft zum Standesamt. Anja und Thorsten waren unsere Trauzeugen. Ihre Schwiegermutter kümmerte sich in dieser Zeit liebevoll um die Zwillinge von Anja. Meine Mutter hielt mit der Videokamera dieses einzigartige Erlebnis fest und Christian machte fleißig Fotos von Allen. Auf Hildes Schoß saß Paula, die mit ihren Händchen an Martins Jacketknöpfen spielte. Unser kleiner Leo saß alleine auf dem Stuhl neben Hilde. Während der Rede der Standesbeamtin tippelte er mal hier hin und mal da hin. Das störte nicht weiter, aber als er jedoch auf einen Stuhl klettern wollte und dieser kratzende Geräusche von sich gab, drehte ich mich kurz um. Im gleichen Moment reagierte schon Oma Sabine und nahm Leo zu sich auf den Schoß. Jetzt filmte Christian mit der Kamera weiter. Dann war es soweit, wir mussten uns erheben und die Standesbeamtin vollzog die Trauung. Nachdem wir uns das Ja-Wort gegeben hatten, steckten wir uns gegenseitig die Trauringe an, wobei wir beide zittrige Hände hatten und Ralf der Ring fast aus der Hand gefallen wäre. Anschließend durften wir uns mit dem Segen der Standesbeamtin endlich küssen. Der ganze Saal applaudierte und Leo kam zu uns gelaufen. Ralf nahm ihn gleich auf den Arm und so bekam er von beiden Seiten einen dicken Kuss.

Als wir das Standesamt verließen, streuten die zwei Kleinen stolz vor uns Rosenblätter auf den Weg. Paula warf sie in weitem Bogen aus dem Körbchen in die Luft und Leo machte es ihr nach. Es war wunderschön anzusehen. In Kolonne fuhren wir zu einer Gaststätte, die Ralf schon im Vorfeld reserviert hatte. Noch vor dem Essen kam meine Mutter auf uns zu und trug ein selbst verfasstes Gedicht vor. Wir freuten uns sehr darüber und Christian trällerte nach einer kleinen Ansprache noch ein passendes Lied. Als das Mittagessen sich zu Ende neigte, kamen Hilde und Martin auf uns zu. Martin hatte etwas zu eröffnen und strahlte vor Freude. „Um diesen gelungenen Tag richtig ausklingen zu lassen, haben wir noch eine kleine Überraschung für euch. Wir machen alle zusammen noch eine Bootsfahrt". Wir waren unfassbar glücklich, dass alles so perfekt gelaufen war und wir einen so schönen Tag im Kreise unserer Familien verbringen konnten. Unser Dank galt allen Anwesenden und wir verkündeten zum Abschluss, dass wir ein Jahr später nochmal kirchlich heiraten und dann eine große Feier mit allen Verwandten und der ganzen Bekanntschaft machen wollten.

Nach dem ersten Tag Eheglück stand unsere Hochzeitsreise auf die Ostseeinsel Usedom an. Also packten wir unsere Koffer für den Kurzurlaub von einer Woche. Eine längere Reise war zu diesem Zeitpunkt leider nicht machbar, da Ralf einen Großauftrag mit Termindruck hatte und sonst in Zeitnot geraten wäre. Ich wirbelte nochmal kurz mit dem Lappen durch die Wohnung und goss unsere Blumen. In der Zwischenzeit verstaute Ralf alles, was mit musste im Auto. Es war schon erstaunlich, wie viel da zusammen kam. Als ich mit Leo die Treppe runter ging, trafen wir im Büro auf Hilde und Martin. Genau in dem Moment kam auch Ralf herein und fragte, wann wir starten könnten. „Wir sollten alles haben und können los fahren", sagte ich zu ihm. „Na gut, dann brauchen wir uns nur noch zu verabschieden und dann geht es los", sagte er mit ruhiger Stimme. Gesagt, getan und keine fünf Minuten später fuhren wir vom Grundstück los. Nach gut fünf Stunden Fahrt waren wir endlich da. Leo hielt auch ganz tapfer durch, wobei er die meiste Zeit schlief. Unser Bungalow lag direkt hinter den Dünen, so dass wir direkt Strandzugang hatten. Das war perfekt für uns, vor allem für Leo. Das Wetter war auch auf unserer Seite und so verlebten wir ein paar sehr schöne sonnige Tage an der Ostsee. Ich fühlte mich großartig und überglücklich. Aber wie es so ist im Urlaub, war er schneller zu Ende als einem lieb war. Als wir wieder zurück waren und ich die Wohnung betrat, kam ich kurz ins Zweifeln. Ich hatte doch alle Türen in der Wohnung offen gelassen, damit die Luft besser zirkulieren konnte, ging es mir durch den Kopf. Jetzt waren einige verschlossen und ich hatte das Gefühl, dass jemand in unserer Wohnung war. Auch die Kissen auf der Couch lagen anders, als ich sie gewöhnlicher Weise positionierte. Ich fragte Ralf, ob seine Eltern einen Wohnungsschlüssel von uns hatten. Er sagte mir, dass er ihnen einen Schlüssel gegeben hatte und es sein konnte, dass seine Mutter die Blumen gegossen hat. Im Bad bemerkte ich, dass Parfüm und Kosmetik anders standen als sonst und im Flur hing mein buntes Halstuch, welches normalerweise im Schrank bei den anderen Tüchern lag, am Haken. Ich machte mich nochmal auf den Weg zum Auto, um meine Handtasche zu holen. Im Hof traf ich Anja und wir kamen gleich ins Plaudern über den Urlaub. Sie erzählte mir, dass sie mit Hilde und Paula bei uns auf dem Balkon waren und dort die Blumen gegossen hätten. Ich erzählte Ralf von meinen Beobachtungen. Er sagte, ich solle mich nicht so aufregen. Seine Mutter und Schwester würden hier nichts anfassen und wenn irgendetwas verrückt war, dann war es sicher beim Blumen gießen aus versehen passiert. Vielleicht war das Tuch auch herunter gefallen und meine

Mutter hob es nur auf oder ich hatte es doch an den Haken im Flur gehängt. Ich versuchte ihm zu glauben, fand es aber dennoch nicht schön von Ralf, dass er ohne mein Wissen seinen Eltern einen Schlüssel gegeben hatte.

22

DER MARIENKÄFER

Ich schaute gerade nach Leo, der krank war und seinen Mittagsschlaf hielt, da kam Ralf zur Wohnungstür herein. „Wir sollen dann mal um vier Uhr zum Kaffee rüber kommen, Anja und Thorsten sind gekommen". Wieder einmal ließ ich mich überreden, auf Zuruf meine Pläne über den Haufen zu werfen - eigentlich wollte an dem Tag meine Mutter zu Besuch kommen und wir wollten dann gemeinsam ein neues Kochrezept ausprobieren. So rief ich bei ihr an und sagte das Treffen ab.

Ralf fragte mich, ob wir etwas zum Kaffee mitbringen könnten. Mit Leo auf dem Arm holte ich die Keksdose. Ralf machte sich zum gehen fertig. „Na komm, wir müssen ja nicht so spät kommen", drängte er, nahm den Kinderwagen sowie Leo an die Hand und ging schon einmal vor. Als ich gleich darauf aufschloss und wir am Garten von Ralfs Eltern ankamen, warteten schon alle auf uns, obwohl es bis vier Uhr noch etwas hin war. Wir begrüßten uns und ich ging mit Leo auf dem Arm zu Paula, die gerade mit ihrem Puppenwagen spielte. Ich schaute hinein und sah einen Plüsch-Marienkäfer, der mir sehr bekannt vorkam. Genau den gleichen hatte ja Leo von Nele zur Geburt bekommen. Ich wurde stutzig und fragte Paula, wo sie den Marienkäfer her hatte. „Von Leo", sagte sie. Ich schaute fragend in die Runde. Anja bekam das mit und sagte darauf: „Paula wollte unbedingt diesen Marienkäfer, als wir bei euch Blumen gegossen haben und meine Mutter und ich konnten sie nicht überzeugen, ihn wieder herzugeben." Hilde fügte hinzu: „Ihr habt doch so viel Spielzeug, da fällt der Marienkäfer doch gar nicht auf." Sie stand vom Kaffeetisch auf und begann den Kuchen aufzuteilen. Ralf schubste mich am Arm an und gab mir ein Zeichen. Damit bedeutete er, dass es jetzt nichts brachte, sich darüber aufzuregen. Wir setzten uns an den Kaffeetisch und Ralf und Martin unterhielten sich sogleich über die neuen Aufträge im Betrieb. Ich erzählte, dass Leo krank war und vielleicht nicht sehr lange durchhalten würde. Hilde sagte: „Unsere Paula hatte das auch schon, bei ihr hat man das gar nicht gemerkt und sie ist auch noch in die Kita gegangen, das ist nicht schlimm." Ich holte tief Luft, streichelte mir zur Beruhigung über meinen Bauch und dachte mir, wenn meine Kinder krank sind, bleiben sie zuhause. Zum Glück konnte es jeder so machen, wie er wollte.

Ich bemerkte ein schönes neues Shirt an Anja und machte ihr ein Kompliment. Sie erzählte, was sie sich gestern in der Stadt alles gekauft hatte. Hilde meinte dazu, dass man sich auch mal was kaufen müsse. Ich sagte darauf, dass ich auch mal wieder einkaufen gehen möchte, da ich es lange Zeit nicht mehr gemacht hatte. Offenbar hatte Hilde aber nicht mich gemeint. „Du hast doch genügend Sachen in deinem Schrank, und auch im Zwischenraum stehen von dir noch genügend Kisten. Du hast so viele Sachen, Bettwäsche und viele Halstücher. Ich kann mir so viel nicht leisten. Ich hätte auch mal gern einen Pelzmantel." Sie holte Luft und sprach weiter: „In deine Sachen müsste wirklich mal das Viehzeug rein kommen." Mir stockte nach so viel Unverschämtheit der Atem. Ich schaute zu Ralf, der nur etwas bedröppelt dreinschaute, sonst aber nichts weiter sagte. Woher wollte sie das denn alles wissen, ging es mir durch den Kopf.

Eigentlich wollte ich an dem Gespräch nicht weiter teilnehmen. Am liebsten wäre ich aufgestanden und gegangen, aber ich wollte Ralf nicht in den Rücken fallen. Nach diesem Nachmittag bat ich Ralf darum, dass er sich von seinen Eltern den Schlüssel geben lassen solle, was er mir auch versprach.

23

DEINES IST MEINES

Folgendes ist meine Umschreibung dessen, was sich Hilde bei einem Vorfall gedacht haben musste, wo es um die Besitzverhältnisse diverser Gartenutensilien ging.

Ich saß gerade mit meinem Mann und Sohn im Büro, als Nicole von oben herunter kam. Es war sehr heiß diese Tage und Nicole hatte sich ein kurzes Sommerkleid angezogen. Ihre Schwangerschaft sah man ihr schon ganz schön an, und eigentlich fand ich es trotz der Hitze ganz schön frech, hier so offenherzig ihre Umstände vor sich her zu tragen. Dann bemerkte ich auch noch Martin, wie er Nicole von oben bis unten musterte. War ja klar, dass ihm dieses junge Ding in dem kurzen Kleid gefiel. Wie um mich zu bestätigten sagte er dann auch noch: „Egal ob du schwanger bist oder nicht, so ein kurzes Kleid steht dir immer". Ralf setzte noch eins drauf: „Nicht nur im kurzen Kleid sieht sie gut aus". Ja, das gefiel dem Miststück sichtlich.

Ralf sagte dann zu Nicole: „Schau mal, ich habe hier den Küchenentwurf, entspricht das deinen Vorstellungen?" Nicole gefiel der Plan offenbar und sie drückte Ralf eine fetten Kuss auf die Wange und sagte: „Es sieht schon jetzt super aus." Sie ergänzte: „Ich gehe dann mal mit Leo in den Garten, die frisch gepflanzten Bäume und Sträucher gießen." Na warte, dachte ich mir und fasste den Plan, ihr einen Denkzettel zu verpassen und einen Strich durch die Rechnung zu machen.

Während sie angefangen hatte, die Pflanzen zu gießen, war Leo derweil mit seiner kleinen grünen Schubkarre und Schaufel beschäftigt. Damit transportierte er Sand und Steine. Nicole bespritzte ihn hin und wieder ein wenig mit dem Wasserschlauch. Das schien ihm Spaß zu machen. Er freute sich jedes Mal, wenn die Wassertropfen seine Haut berührten. Es schien so, als könnte er gar nicht genug davon bekommen.

Ich ging um die Hausecke zum Wasseranschluss für den Gartenschlauch, drehte den Hahn zu und setzte meinen eigenen Schlauch auf den Anschluss. Dann drehte ich den Hahn wieder auf und begann, meine Blumen zu gießen. Tatsächlich dauerte es keine zwei Minuten, bis Nicole um die Ecke kam und: „Was soll

das denn?', rief. Ich schaute nur kurz hoch und begann gleich wieder, mich um meine Blumen zu kümmern. Da, jetzt hast Du's dachte ich innerlich und freute mich, als Nicole kurz darauf wieder von dannen zog.
Die Chefin hier im Hof war ich!

Einige Tage später bemerkte ich, dass Nicole einen
Verteiler für den Schlauchanschluss gekauft hatte, außerdem ein weiteres Schlauchstück, ein Verbindungs-
element und eine neue Düse. Das tat sie bestimmt, um
mich zu ärgern. Aber das musste ich ja nicht auf mir
sitzen lassen. Als sie sich etwas später in der Wohnung
aufhielt und die ganzen Schlauchsachen im Garten liegen gelassen hatte, schnappte ich mir das kurzerhand
alles und gab es später Anja. Klar würde die Nicole das
früher oder später merken, aber zuerst einmal war mir
das egal. Was wollte sie schon tun?

Bei der Gelegenheit erzählte mir Anja, dass jetzt
die Baugenehmigung angekommen war. Ich freute
mich natürlich sehr darüber - wenn das Haus fertig
war würden endlich alle wieder zusammen hier auf
dem Hof sein.

Ich ging ins Büro zu Ralf und Martin. Der Zwil-
lingskinderwagen von Anja stand im Eingangsbereich
und die beiden Kleinen schienen fest zu schlafen. Ein
paar Augenblicke später kam auch Nicole mit ihrem
Leo und wollte ihrem Sohn die schlafenden Zwillinge
zeigen. Ich lief schnell hin und sagte Nicole, dass sie
bloß die Kleinen nicht aufwecken sollte. Nicole nahm
Leo an den Arm und ging einige Schritte beiseite. Sie
fing dann an zu erzählen, dass ihr Anja gesagt hätte,

ich hätte für sie Gartengeräte besorgt, um ihr die Arbeit mit dem Wässern zu erleichtern. Ich blieb ruhig. „Ach ja, es war keiner von euch im Garten. Da ihr doch so viele Schläuche und Aufsätze habt und Anjas Bäume auch bewässert werden müssen, habe ich sie Anja gegeben. Zurzeit habe ich so viel zu tun, da komme ich nicht in einen Baumarkt um etwas Neues zu besorgen. Anja braucht jetzt mit den Zwillingen volle Unterstützung, da sie schon ihre Wohnung gekündigt haben und sie sich auf ihren Hausbau konzentrieren müssen." Nicole wurde jetzt etwas lauter. „Na das ist ja nicht die feine Art, einfach etwas wegzunehmen. Da kann man doch mal fragen, wenn man etwas braucht, anstatt es einfach Anja zu geben und dann auch noch zu behaupten, dass du es besorgt hättest. Das geht in meinen Augen gar nicht. Ich habe die Sachen gesucht." Jetzt war sie wohl so richtig in Fahrt und ergänzte noch: „Ach ja, wir würden uns auch freuen, wenn ihr mal euren Enkel Leo nehmt und nicht nur Anjas Kinder vorzieht." Ich erwiderte nur: „Aber ich möchte mich aus eurem Leben heraushalten und nicht einmischen." Nicole ging daraufhin kopfschüttelnd und ohne einen weiteren Kommentar mit Leo in ihre Wohnung. Als Ralf etwas später zum Kaffee in seine Wohnung hoch ging, folgte ich ihm einige Schritte unbemerkt die Treppe hoch und konnte noch mitbekommen, wie er zu Nicole sagte: „Meine Mutter hat auch viel um die Ohren und versteht auch nicht mehr alles." Er ergänzte noch: „Wir holen einfach neue Schläuche." Na, wenn sie meinten.

Etwas später fuhren sie tatsächlich nochmal Richtung Baumarkt weg.

24

DIE PASST NICHT

Anja und Hilde kamen ins Büro und sie bemerkten nicht, wie ich im Außenflur eine Etage höher Babysachen aus einem Umzugskarton sortierte. Als ich die beiden kommen hörte, wollte ich eigentlich runter zu Anja gehen, um sie etwas wegen ein paar der Kleidungsstücke aus dem Karton zu fragen. Damals hatte ich von Anja ein paar Babysachen und Wickeldecken bekommen, die sie für ihre Tochter nicht mehr brauchte. Jetzt wollte ich Anja fragen, was ich mit den nun nicht mehr benötigten Sachen tun sollte. Bevor ich einen Fuß auf die Treppe setzen konnte, hörte ich plötzlich, wie Hilde anfing mit Anja zu sprechen. Aus einem Impuls heraus hielt ich inne, bevor ich mich zu erkennen gab. Lauschen entsprach überhaupt nicht mei-

nem Wesen, in diesem besonderen Fall hatte ich aber
die Vorahnung, dass ich etwas Wichtiges mich betref-
fendes verpassen könnte, wenn ich mich zu erkennen
gab. Und tatsächlich sollte ich Recht behalten, denn
Hilde sagte zu Anja: „Die passt doch gar nicht zu unserem Ralf, und überhaupt finde ich es nicht gut, dass
sie schon wieder schwanger ist." Sie fügte noch hinzu: „Den armen Ralf hat sie schon um den Finger gewickelt, der hört fast nur noch auf sie, wegen des Aus-
baus des Hauses und so". Das war soweit nichts über-
wältigend Neues für mich - dass Hilde so dachte war
ja irgendwie klar, aufgrund der Weise, wie sie sich mir
gegenüber in den letzten Monaten verhielt.

Aber es blieb nicht dabei, sie ergänzte noch: „Es
wäre echt besser, wenn sie mit ihrem Baby im Bauch
verschwinden würde!". Anja sagte nichts weiter dazu.
Ich war schockiert und konnte das Gehörte für den Moment gar nicht glauben. Nachdem beide das Büro wieder verlassen hatten, ging ich zurück in die Wohnung
und musste erst einmal etwas trinken. Mir war richtig schlecht und ich legte mich kurz auf die Couch. Danach rief ich meine Mutter an und erzählte ihr das alles. Sie sagte zu mir: „Das kann doch nicht sein, vielleicht hast du dich da auch verhört." „Ich weiß doch,
was ich gehört habe. Das war so deutlich, da kann man
sich nicht verhören." Auch Ralf erzählte ich von dem
Gespräch zwischen seiner Mutter und Schwester, aber
er sagte nur: „Meine Mutter hat nichts gegen dich, da
musst du dich verhört haben." Da stand ich nun und
keiner wollte mir so recht glauben, was ich da durch

Zufall mitbekommen hatte. Ich fragte mich, ob ich es einfach dabei belassen oder Hilde mal bei Gelegenheit daraufhin ansprechen sollte? Um keinen weiteren Unmut zu schüren, beließ ich es dabei, obwohl ich gerne erfahren hätte, wie sie darauf reagieren würde. Immerhin gab es einen breiten Interpretationsspielraum. Von dem bloßen Wunsch, dass ich meine Koffer packen würde, bis zu einem aktiven Mobbing oder sogar einen Angriff auf mein Leben war ja alles möglich. Wie weit der Zeiger in dem was noch kommen würde in Richtung auf einen Angriff auf meine körperliche und seelische Gesundheit ausschlagen würde, konnte ich zu diesem Zeitpunkt noch nicht erahnen. Im Nachhinein betrachtet wäre es vielleicht besser gewesen, ich hätte mich doch zu erkennen gegeben und versucht, Hilde klar zu machen, dass Ralf es gewählt hatte, mit mir zusammen zu sein und mit mir Kinder zu haben. Und dass sie sich einmal überlegen sollte, ob sie nicht auch etwas mehr Vertrauen in ihren Sohn haben sollte. Vielleicht hätte das etwas an ihrem Verhalten geändert. Sicher, wissen konnte man das nicht, im Zweifelsfall hätte sie das vielleicht als Geschwätz abgetan. Dass ich indes nichts sagte, war zuerst hauptsächlich meinem geschockten Zustand zuzuschreiben, und später meinen Zweifeln, wie sie das nun tatsächlich gemeint haben konnte. Außerdem hatte meine zweite Schwangerschaft meine Aufmerksamkeit in Richtung Vorfreude auf mein zweites Kind verschoben, und ich war immer noch der Ansicht, dass letztlich Ralf auf meiner Seite war.

Wie sehr ich mich doch irren würde!

25

LILI WIRD GEBOREN

An einem Tag hatte ich wieder einen Akupunkturtermin bei meiner Hebamme. Ich erzählte ihr von meinen Beschwerden und sie stimmte mir zu, dass sich die Kleine nun lange genug geschmückt hatte. Wir unterhielten uns darüber, was es für Möglichkeiten gäbe, die Wehen nun langsam auszulösen. Sie gab mir eine Rezeptur, die das bewerkstelligen konnte. Gleich im Anschluss besorgte ich mir die Zutaten dafür in der Apotheke, um am nächsten Morgen den Zaubertrank auszuprobieren.

Die Nacht hinter mich gebracht, Ralf war schon im Büro, fiel mir das Aufstehen besonders schwer. Seit mehreren Tagen zog es in meinem Bauch und Rücken, so dass ich schon mehrmals dachte, meine kleine Prinzessin wollte nun endlich das Licht der Welt erblicken. Da hatte ich aber falsch gedacht, denn so wie das Mädchen gerne tun, ließ sie sich Zeit dafür. Der errechnete Geburtstermin war schon acht Tage her, und ich dachte, so langsam könnte es losgehen - ewig würde ich das nicht mehr aushalten. Mittlerweile bewegte ich mich nur noch wie eine Seekuh durch die Wohnung. Als Leo sich bemerkbar machte, kullerte ich mich langsam und bedächtig aus meinem Bett, wobei ich die Beschwerden verdrängte. Ich bereitete in aller Ruhe das Frühstück vor und als Ralf kam, fragte er mich genauso besorgt wie die letzten Tage: „Na, will die Prinzessin heute vielleicht kommen oder macht sie sich immer noch hübsch?" Das wusste nur sie, wann es soweit ist.

Jetzt war es an der Zeit, den Wehentrank einmal ausprobieren. Ich holte den Beutel mit den Zutaten und wir bereiten ihn gemeinsam zu. Ich trank ihn in kleinen Schlucken und musste mich fast erbrechen, so widerlich schmeckte er. Zum Mittag legte ich mich mit Leo hin und wachte mit ziehenden Bauchschmerzen auf. Ich fragte mich, ob der Cocktail womöglich schon anschlug? Leo merkte nicht, dass ich aufstand und ins Bad ging. Dort spürte ich eine plötzliche Übelkeit mit Schüttelfrost, Schwindel und Bauchkrämpfen. Na toll, vor der Geburt noch krank werden, schoss es mir durch den Kopf, oder waren es doch endlich die Wehen? Die Schmerzen wurden immer stärker und ich hatte das Gefühl, mich gleich übergeben zu müssen. Daher rief ich laut nach Ralf, der auch gleich zu mir

kam. „Ich glaube wir müssen sofort ins Krankenhaus.
Bring Leo bitte zu deinen Eltern." Ich atmete langsam
und tief durch, aber es wurde nicht besser. Ralf war
sehr besorgt und meinte: „Hättest du doch nicht den
Mist von der Hebamme genommen." Er ging runter zu
seinen Eltern, damit sie Leo in der Zeit nehmen konnten, während er mich ins Krankenhaus fuhr. Das hatten wir im Vorfeld so abgestimmt, da meine Mutter
noch bis zum nächsten Tag im Urlaub war. Jetzt merkte ich eine Wehe und nach kurzer Zeit kam schon die
Nächste. Ich weckte Leo, der mich ganz verschlafen
ansah und dann langsam aus seinen Bettchen krab-
belte. Mir war es nicht mehr möglich, unseren kleinen Leo fertig zu machen. Ralf kümmerte sich völlig
aufgeregt darum, während ich zur Eile drängte. In einer Hand hatte er meine Krankenhaustasche und auf
dem anderen Arm Leo. So bepackt ging er die Treppe
zum Büro hinunter. „Mach schön langsam", sagte er
fürsorglich zu mir blickend. Beim Runtergehen überkam mich wieder eine Wehe. „Komm mach hin, wir
müssen uns beeilen. Die Wehen kommen in immer
kürzeren Abständen, vielleicht rufen wir besser einen
Krankenwagen. Ich glaube die Kleine hat es jetzt ganz
eilig." Hilde nahm uns Leo ab und schaute mich prü-
fend an. Ich versuchte trotz Schmerzen zu lächeln und
dachte mir, hoffentlich kommt jetzt kein überflüssi-
ger Kommentar. Aber prompt kam wieder so ein Satz:
„Na, es ist doch nicht dein erstes Kind!". Und auch der
Vergleich mit ihren eigenen Kindern sollte nicht feh-
len. „Anja hat mit solchen Schmerzen noch zwei Tage

gelegen. Das wird noch dauern. Müsst ihr jetzt wirklich schon ins Krankenhaus? Ich habe heute noch so viel zu tun. Martin hatte doch gestern Geburtstag und morgen kommt der ganze Besuch." Ich erwiderte energisch: „Ich muss keine zwei Tage mehr liegen, die Kleine will jetzt raus!" Ralf drängte mich zur Tür und ich hörte wie Hilde zu Leo sagte: „Na komm, wir schauen mal, was wir in Paulas Zimmer für dich finden". Sie sagte dann trotzdem noch zu mir: „Dir alles Gute." Da darfst du heute auch mal bei der Oma spielen, dachte ich mir, an Leo denkend. Im gleichen Augenblick hatten mich die Schmerzen der nächsten Wehe schon wieder eingeholt. Ralf fuhr zügig Richtung Krankenhaus und ich versuchte langsam und tief zu atmen.

Im Auto schaltete ich das Radio ein, um mich ein wenig abzulenken. Es half nichts, die Wehen wurden immer stärker und die Intervalle immer kürzer. Am Krankenhaus angekommen, war ich komplett bewegungsunfähig. Ich konnte weder laufen noch aufstehen. Ralf besorgte sofort einen Rollstuhl und bugsierte mich zusammen mit einem Krankenpfleger dort hinein. Ralf holte noch die Tasche aus dem Kofferraum, während mich der Pfleger schon ins Krankenhaus schob. „Sie sind schwanger, haben Wehen und bekommen bald ihr Kind", fragte er mich. „Richtige Diagnose", kam es noch betont lachend aus mir heraus, bevor mich die nächste Wehe zum Schweigen brachte. Ralf holte uns schnell ein, schnappte sich den Rollstuhl mit mir und schob mich weiter Richtung Entbindungsstation. Dort wartete man schon auf uns und im Untersuchungsraum wurde ich sofort an einen Wehenschreiber angeschlossen. Die Ergebnisse interessierten mich nicht wirklich mehr, da ich nur mit den Wehen und Schmerzen kämpfte.

Auf dem Weg zum Kreißsaal hatte ich die erste Presswehe. Auf halber Strecke, die mir wie ein Marathonlauf vorkam, musste ich mich übergeben. Auf dem Entbindungsbett im Kreißsaal angekommen, ging es erstaunlich schnell - dennoch fühlte sich jede Sekunde wie eine Ewigkeit an. Nach einer Reihe solcher Ewigkeiten war es geschafft. Ich blickte hoch und sah meine kleine Prinzessin schreiend in den Händen der Hebamme. Sie legte mir das kleine Leben auf die Brust und ich genoss es, ihre Haut auf meiner zu spüren. Jetzt nahm Ralf meine Hand und küsste mich liebevoll. In diesem Moment fühlte ich mich mit unserem Baby auf der Brust für alle Schmerzen entschädigt. Sie hat kleine Pausbäckchen, ein hübsches Mädchengesicht und im Gegensatz zu Leo kurze zarte Haare. „Wir nennen sie Lili", hauchte ich in meiner Glückseligkeit, dann wurde mir übel, sehr übel. Ich musste mich übergeben und die Schwester wirbelte um mich herum. Dann wurde mir schwarz vor Augen und ich verlor das Bewusstsein. Als ich wieder zu mir kam, standen drei Schwestern neben meinem Bett und Ralf hatte Lili auf den Arm. Ihm liefen die Tränen über das Gesicht. „Mein Gott hatte ich eine Angst um dich", sagte er fix und fertig mit völlig verheultem Gesicht. Ich wusste gar nicht was geschehen war. „So schnell stirbt uns hier keiner weg", sagte die Ärztin erleichtert und klopfte Ralf auf die Schulter. Erst jetzt erfuhr ich von der Ärztin, dass mein Blutdruck auf einen sehr niedrigen Wert eingebrochen war. Das war schon ein sehr kritischer Zustand.

Ralf hatte diesmal kein Familienzimmer vorbestellt, da wir besprochen hatten, dass er wieder nach Hause fährt, um sich um Leo zu kümmern. Nach diesem Vorfall überlegte er allerdings doch, vielleicht eine Nacht bei mir zu bleiben. „Ich werde einmal nachfragen, ob noch ein Familienzimmer für diese Nacht zu haben ist, da ich dich ungern hier alleine lassen möchte", sagte er zu mir. „Das ist doch nicht notwendig, mir geht es jetzt schon wieder besser und der Tropf läuft auch ohne dich in meinen Arm", antwortete ich ihm scherzhaft. Ralf lächelte mich an und verließ kurz das Zimmer. Nach einer Weile kam er zurück. „Ein Familienzimmer ist noch zu haben. Ich bespreche das nur noch mit meiner Mutter, wie wir das machen."
„Mach dir nicht so viel Mühe, mir geht es doch wieder gut", versuchte ich ihn zu beruhigen, aber da war er schon am telefonieren und verließ das Zimmer. Als er zurückkam, sah er etwas bedrückt aus und setzte sich zu mir aufs Bett. Er erklärte mir, dass seine Mutter Leo gern behalten würde, aber durch die bevorstehende Geburtstagsfeier von Martin hätte sie noch so viele Erledigungen zu machen, dass sie unmöglich auf Leo aufpassen und gleichzeitig alles besorgen konnte. „Gut, dann fährst du jetzt zu Leo. Ich schaffe das hier auch ohne dich. Dann komm mich doch morgen besuchen. Ich habe gerade mit meiner Mutter telefoniert,

als du nicht im Zimmer warst. Sie kommen morgen früh aus dem Urlaub zurück und sie würden Leo nehmen". Ralf war sichtlich erleichtert, dass die Situation sich auf diese Weise entspannt hatte und umarmte mich liebevoll zum Abschied.

Am nächsten Morgen, nachdem die Hebamme ihre Kontrolle bei mir beendet hatte, klopfte es vorsichtig an der Tür. Sie ging ganz langsam auf und Ralf schaute vorsichtig ins Zimmer. Leo war nicht so zaghaft und schlüpfte schnell durch den Türspalt ins Zimmer. Noch ehe Ralf etwas sagen konnte, war Leo schon bei mir am Bett. Dann ging die Tür ganz auf und Ralf kam gefolgt von meiner Mutter und Christian herein. Leo bestaunte mit großen Augen derweil zaghaft seine kleine Schwester. Vorsichtig berührte er die kleinen Hände und schenkte ihr eine kleine rosa Micky Maus, welche er einmal zusammen mit mir gekauft hatte. Als Oma Sabine freudestrahlend ein kleines Päckchen aus ihrer Tasche holte, wollte es Leo für seine kleine Schwester auspacken. Es machte ihm riesig Spaß, das Geschenkpapier aufzureißen. Ein rosa Strampler und eine Spieluhr kamen als Geschenk für Lili zum Vorschein. Als Christian noch ein zweites Geschenk aus der Tasche zog, tippelte Leo neugierig zu Opa Christian hin. Es war ein kuschelweicher Teddy für den großen Bruder. Leo freute sich riesig und zeigte ihn seiner kleinen Schwester, die aber verständlicherweise kein Interesse zeigte, sondern schlief.

Nach einer ganzen Weile klopfte es erneut an der Tür und meine Schwiegereltern kamen herein. Auch sie gratulierten uns ganz herzlich und übergaben ein Geschenk. Ralf berichtete noch einmal ausführlich, wie besorgt er bei der Geburt um mich war und wie kritisch es zwischendurch aussah. „Sie musste sich aber nicht so lange quälen, wie Anja mit ihren Zwillingen", sagte Hilde. „Ich denke es war auch nicht einfach für Nicole", versuchte Sabine die Sache zu relativieren. Hilde keifte nun. „Na, sie hatte es auf alle Fälle schnell hinter sich gebracht, schließlich konnte Ralf sie ja auch sofort in die Klinik fahren. Wir waren da und haben uns sofort um Leo gekümmert." „Das war auch gut so", entgegnete meine Mutter ruhig und Hilde ergänzte: „Heute Nachmittag bekommen wir ja Besuch, da können wir nicht mehr so lange bleiben, schließlich muss ich mich noch um einiges kümmern". Aber auch meine Mutter und Christian blieben nicht mehr lange, und im Zimmer wurde es jetzt etwas ruhiger. Ich konnte mich voll auf Ralf und Leo konzentrieren und die gemeinsame Zeit bis zum Nachmittag genießen.

Nach drei Tagen konnte ich wieder zurück nach Hause. Dort wurden wir mit Luftballons und einem liebevoll von meiner Mutter geschmückten Klapperstorch begrüßt. Ich freute mich riesig, aber meine Freude wurde bald getrübt, weil Hilde wieder damit anfing, dass mich jetzt erst recht unendlich viele Leute besuchen würden. Und Ralf meinte auch wieder, dass ich für Besuch jetzt erst recht keine Zeit hätte, mit zwei kleinen Kindern. Es gab einen Streit deswegen zwischen Ralf und mir, so dass ich nach kurzer Zeit daheim schon wieder bedient war.

26

LILI IST VERSCHWUNDEN

Ich legte Lili zum Mittagsschlaf in den Kinderwagen und stellte sie wie die anderen Tage zuvor vor die Tür der Werkstatt. Damit hatte ich von unserem Balkon aus den Wagen immer im Blick. Jetzt konnte ich mich endlich um die Wohnung und die Wäsche kümmern. In den letzten Tagen war ich nicht wirklich dazu gekommen. So gegen zwei Uhr Nachmittags schaute ich vom Balkon aus nach Lili, um zu sehen, ob sie wach war oder noch schlief.

Aber von Lili und dem Kinderwagen war weit und breit nichts zu sehen. Ich war verwundert und fragte mich, wo der Kinderwagen mit meiner kleinen Lili war. Mich durchfuhr ein grausiges Gefühl und ich rannte gleich zu Ralf in die Werkstatt hinunter. Ralf

sah mir die Panik im Gesicht an und fragte was los
wäre. „Hast du Lili oder den Kinderwagen gesehen?",
fragte ich ganz aufgeregt. „Nein habe ich nicht, aber
Hildes Geschwister und Anja mit ihren Kindern sind
zu Besuch. Vielleicht hat ja Lili jemand mit rüber zu
Hilde genommen, um sie ihnen zu zeigen." Wir machten uns gemeinsam auf die Suche nach Lili und beim
Durchlaufen des Büros sah ich durch ein Fenster unseren Kinderwagen im Garten von Oma Hilde stehen.
„Schau mal, da steht er ja", sagte ich sichtlich erleichtert zu Ralf. „Hab ich doch richtig vermutet, dass sie
Lili mit rüber genommen haben. Ach ja, meine Mutter hat uns für heute zum Kaffee eingeladen, da ihre Geschwister da sind". Ich sagte: „Ich habe dir doch
heute Mittag gesagt, dass ich etwas später mit Lili zu
einer wichtigen Vorsorgeuntersuchung gehen muss."
Er antwortete nur lapidar: „Dann rufe ich einfach an
und lasse uns einen neuen Termin geben." „Wenn die
Verwandtschaft da ist, müssen wir mit rüber gehen.
Das erwartet meine Mutter schon von uns, außerdem
ist Lili ja schon drüben." Ich wurde langsam wütend.
„Das kann doch jetzt nicht dein Ernst sein, dass wir
für die Verwandtschaft immer alles stehen und liegen lassen müssen. Ich möchte schon gern informiert
werden, wenn jemand Lili nimmt - nur weil Hildes
Verwandtschaft kommt, kann sie doch nicht ohne Bescheid zu sagen Lili holen. Ich gehe jetzt rüber und
hole Lili, so geht es nun nicht. Außerdem müsste sie
jeden Moment aufwachen und Hunger haben, und
sie braucht auch eine neue Windel." Ralf widersprach.

„Nicole, das kannst du jetzt nicht machen. Wenn du Lili jetzt holst und dort einen Aufstand machst, stellst du meine Mutter bloß." Ich entgegnete ihm: „Warum soll ich unsere Tochter denn nicht holen, wir sind doch die Eltern?" „Ich möchte nicht, dass es so aussieht, als würden wir kein gutes Verhältnis zu meinen Eltern haben, und uns nicht verstehen. Es wäre am besten, wenn du jetzt Leo aus der Kita abholst und ich schaue mal nach Lili und bringe sie dann mit".

Ich fühlte mich völlig unverstanden von Ralf, wollte aber zu diesem Zeitpunkt keinen Streit vom Zaun brechen. Ich nahm wutschnaubend Ralfs Autoschlüssel und setzte mich ins Auto. Dort atmete ich noch einmal tief durch und machte mich schließlich auf den Weg, um Leo abzuholen. Mein kleiner Großer kam mir im Kindergarten gleich entgegen gerannt und fiel mir auch sofort um den Hals. Als wir wieder auf dem Hof angekommen waren, öffnete ich die Autotür und hörte sogleich Lili aus Leibeskräften schreien. Schnell befreite ich Leo aus seinem Kindersitz und dann sah ich auch schon Tante Irmgard mit Lili auf dem Arm auf mich warten. Mit schnellen Schritten lief ich Richtung Lili und Leo hatte Mühe hinterher zu kommen. „Hallo, hier hat jemand aber riesigen Hunger", waren meine ersten Worte und ich nahm Lili sogleich auf den Arm. Kaum hatte ich sie etwas beruhigt, da schoss auch schon ein großer Schwall Milch aus ihrem Mund, direkt auf meine Schulter. „Was ist denn hier passiert?", fragte ich Tante Irmgard. „Wir haben nur versucht, Lili eine Milchflasche von Anjas Kindern zu geben, da Lili ununterbrochen geschrien hat. Ralf hat uns gesagt, dass du gerade Leo aus der Kita abholst".

Ich sagte etwas vorwurfsvoll: „Lili ist auf mich fixiert und war bis jetzt noch nie allein bei Oma Hilde", und ergänzte: „Es wäre auch schön gewesen, wenn ich gewusst hätte, dass ihr Lili mit zu Euch nehmt." Irmgard antwortete etwas überrascht; „Hilde hat dir nicht gesagt, dass Lili bei uns ist?" Ich erwiderte: „Nein, von uns hat es keiner gewusst und ich habe einen riesigen Schreck bekommen, als sie plötzlich weg war." „Das mit der Milch war auch keine gute Idee, Lili wird von mir voll gestillt und andere Milch ist nicht so gut für sie. Aber das scheint ja hier einigen egal zu sein". Irmgard pflichtete mir bei: „Ja, das gleiche hatte ich vorhin auch gesagt, aber Hilde und Anja waren nicht davon abzubringen." Ich bot Tante Irmgard an, mit in unsere Wohnung zukommen, was sie dankend annahm. Lili stieß noch zweimal auf, was ich von ihr so nicht kannte. Ich setzte mich auf die Couch und kümmerte mich um Lili. In der Zwischenzeit zeigte Leo Tante Irmgard ganz aufgeregt sein ganzes Spielzeug. Wenige Minuten später kam Ralf zur Wohnungstür herein und sagte, dass wir rüberkommen sollen, da der Kaffee sonst kalt wird. Ich versuchte ihn zu bremsen. „Wie du siehst, trinkt Lili gerade noch und es wird auch noch einige Minuten dauern bis sie fertig ist. Danach benötigt Lili auch noch eine neue saubere Windel und dann können wir uns gerne zu deinen Eltern auf den Weg machen". Ralf erwiderte: „Okay, da gehe ich schon mal rüber zum Kaffee und nehme Leo mit." Als

Leo das hörte, sagte er: „bei Mama und Tante bleiben". Ralf ging ohne Leo mit den Worten: „bis gleich", genervt aus der Wohnung. Tante Irmgard schaute mich an und sagte: „Oh je, hier ist es sicher nicht immer so einfach für dich, mit der ganzen Familiensippe auf dem Hof!" Ich rollte nur mit den Augen und sie verstand wortlos, was ich meinte. Es dauerte noch etwa zwanzig Minuten, bis auch wir wieder mit am Kaffeetisch saßen.

Hilde fing gleich an, sich wieder ins beste Licht zu rücken, obwohl sie die eigentliche Ursache für die ganze Aufregung war. „Lili hatte solchen Hunger, denn durch dein Gemähre mit dem Stillen wird sie einfach nicht satt. Wir haben ihr eine Flasche gemacht, aber sie konnte nicht mal richtig daraus trinken. Die größte Mühe haben wir uns gegeben und ihr immer wieder die Flasche gereicht. Anjas Kinder machen nicht so ein Theater und trinken ihre Flaschen restlos aus." Ich äußerte mein Unverständnis über ihre Aussage mit den Worten: „Ja das kann schon sein, aber ich stille Lili genau so wie damals Leo und daran wird sich auch nichts ändern." Darauf meldete sich Martin lächelnd und mit einem Auge zu seiner Frau schauend zu Wort „Ich würde auch lieber die Brust von Nicole vorziehen, als aus der Flasche trinken zu müssen." Solcherlei Bemerkungen von Martin nahmen die letzte Zeit etwas überhand. Fast tat mir Hilde leid, aber das Verhalten ihres Mannes durfte mir Hilde deswegen nun wirklich nicht anlasten. Sie warf ihrem Mann einen kurzen Blick zu und zischte dann abwiegelnd: „Ihr macht das schon, ich mische mich bei euch nicht mit ein." Sie ergänzte noch: „Das habe ich zum Glück mit meinen zwei Kindern alles hinter mir."

27

DIE FRATZE ZEIGT SICH

Nun war es langsam an der Zeit einen erneuten Rück-
bildungskurs in Angriff zu nehmen, um meine vorge-
burtliche Körperform wieder zu erreichen. Ich hatte
dies ja schon bei unserem ersten Kind relativ schnell
und problemlos hinbekommen, aber nun hatte ich
doch ein paar Kilo mehr zugelegt. Wie schon damals,
lernte ich dort mehrere andere Mütter kennen. Da sie
alle aus der näheren Umgebung meines Wohnortes
waren, beschlossen wir uns auch außerhalb des Kur-
ses zu treffen. Das kam mir natürlich entgegen, um
auch etwas Kontakt zu anderen Leuten zu pflegen.

Nach einigen Wochen lud ich eine Freundin aus
dem Kurs zu einem gemeinsamen Spaziergang am
Vormittag ein. Ich erzählte Ralf davon und er hatte

auch nichts dagegen. Pünktlich zur verabredeten Zeit kam Rita bei mir vorbei und wir gingen eine Runde spazieren. Rita war eine sehr hübsche Schwarze und ihre Familie war vor einigen Jahren von Afrika nach Deutschland ausgewandert. Ich zeigte ihr unser schickes Café, wo man gemütlich bei Kaffee und Kuchen oder einem Eis sitzen konnte. Da es draußen schon frühlingshafte Temperaturen gab, bestellten wir uns beide einen Früchteeisbecher mit drei verschiedenen Sorten Eis, schließlich hatten wir ja im Vorfeld schon etwas für unseren Traumkörper getan. Da waren wir uns einig, dass wir uns auch mal belohnen müssten. Unsere Kinder lagen in ihren Kinderwagen neben uns und schliefen. Wir unterhielten uns über die Kinder und tauschen uns über ihre Fortschritte aus. Für Rita war es das erste Kind und so konnte ich ihr wertvolle Tipps geben. Als unsere Löffel den Boden des Eisbechers erreicht hatten, meldeten sich unsere Kinder mit lautem Schreien und wir kümmerten uns um sie. Als alle versorgt und zufrieden waren, mussten wir uns langsam auf den Heimweg machen und ich begleitete Rita noch bis zur Bushaltestelle.

Ich selber hatte es nicht weit und brauchte daher nur einige Minuten zu Fuß nach Hause. Als Lili und ich daheim angekommen waren, sah ich Ralf und freute mich sehr. Ich erzählte ihm über unseren Spaziergang und das wir uns einen Eisbecher gegönnt hatten. „Du kannst in zehn Minuten hoch kommen, da ich nur noch schnell das Mittagessen warm machen muss", sagte ich zu Ralf. Ich hatte das Essen schon am frühen Morgen vorbereitet, da heute die Zeit etwas knapp werden würde.

Als Ralf zum Mittag hoch kam, setzte er sich an den Tisch und wirkte nachdenklich. Nach dem zweiten Löffel Eintopf fing er an zu reden: „Meine Eltern haben mit mir gesprochen und möchten nicht mehr, dass du dich mit dieser Frau triffst." Ich war verwundert. „Warum? Wir waren doch nur gemeinsam spazieren, sonst nichts." Ralf antwortete mir sehr besonnen und überlegt. „Schau Mal, was sollen denn die Leute von uns denken, wenn du mit dieser Frau rumläufst und für das Ansehen unserer Firma ist es auch nicht gut. Wir wollen, dass du dich nicht mehr mit solchen Leuten abgibst, sonst kommen wir doch ins Gerede. Meine Eltern kennen auch niemand Farbiges". Das kann doch nicht wahr sein, ging es mir durch den Kopf. „Nur weil sie eine Farbige ist? Das ist doch nicht eurer Ernst. Wir leben im 21.Jahrhundert und das ist doch keine Insel hier." Ich war fassungslos über solche Ansichten. „Das interessiert unsere Familie nicht", war seine knappe Antwort. Wieder wollte ich nicht streiten, nahm das Geschirr und brachte es in die Küche. Ich schaute auf die Uhr und es wurde langsam Zeit, Leo aus dem Kindergarten abzuholen.

Mit den anderen Kontakten aus dem Kurs verlief es auch nicht viel besser. Die anderen Mütter aus der Rückbildungsgruppe sagten mir immer wieder, wo sie sich mit ihren Kindern trafen. Anfangs konnte ich die Termine immer noch wahrnehmen, aber durch meinen straffen Zeitplan und dem pünktlichen Essen mit Ralf war dies ab einem gewissen Zeitpunkt nicht mehr möglich. Darum musste ich die Treffen immer öfters absagen, bis schließlich die anderen Mütter aus der Gruppe sich nicht mehr bei mir meldeten. Wieder fühlte ich mich tagsüber sehr einsam, obwohl ich ja Lili und Leo hatte und Ralf pünktlich zu seinen Essenszeiten da war. Aber mir fehlte etwas und das war der Kontakt zur Gesellschaft außerhalb des Familiengrundstückes. In diesem Zustand fühlte ich mich wie eine Gefangene im goldenen Käfig, ohne Aussicht auf eine vorzeitige Entlassung.

28

ESKALATION

Schon seit längerer Zeit hatten wir uns vorgenommen, mal einen gemeinsamen Kurzurlaub mit Kindern zu unternehmen, um aus dem Alltagstrott zu entfliehen und nur für uns zu sein, ohne irgendwelche störenden äußeren Einflüssen. Also setzte ich mich an den Computer im Büro und durchstöberte diverse Internetseiten mit Angeboten. Es dauerte nicht lange, da stach mir ein interessantes Angebot, was scheinbar alle unserer Vorstellungen erfüllte, ins Auge. Als Ralf von einem Montagetermin wieder im Büro vorbei kam, zeigte ich ihm das Hotelangebot. Gemeinsam entscheiden wir uns für diesen viertägigen Hotelaufenthalt im idyllischen Thüringer Wald. Ich war total happy und zugleich total aufgeregt. Endlich mal kein Haushalt machen, nicht kochen müssen und keine Schwiegereltern in der Nähe. Ich freute mich riesig.

Am Abend telefonierte ich mit Sonja und erzählte ihr taufrisch, dass wir einen Kurztrip nach Thüringen machen wollten. „Gibst du den Hausschlüssel gleich der Schwiegermutter oder lasst ihr die Tür diesmal gleich offen?", lästerte Sonja lachend am Telefon. Ich erwiderte: „Erinner mich nicht an so etwas, mir ist dabei gar nicht zum Lachen zumute", und ergänzte dann noch, „Es ist aber schon besser, wenn jemand für einen Notfall den Schlüssel hat." Sonja sagte lachend am anderen Ende des Telefons: „Na dann räume mal deine schon sterile Wohnung ordentlich auf, denn deine Schwiegermutter wird sicher ihre Nase in jede Schublade stecken." Ich sagte dann etwas bedrückt: „Du hast sicherlich Recht, sie werden bestimmt wieder in der Wohnung rumschnarchen, in die Schränke schauen und Ralf wird mir wieder nicht glauben wollen." „Das haben sie doch schon mal so gemacht, also musst du handeln. Lass dir etwas einfallen, mach dir Zeichen." Sie ergänzte lachend: „Stell am besten Rattenfallen in den Schränken auf, oder lass dir von Ralf eine Fallgrube bauen!" Sie meinte dann noch, dass ich doch mit meinen Haaren Kennzeichen an den Möbeln anbringen könnte. Mir schien dieser Gedanke zwar etwas hinterlistig, aber im Grunde hatte sie doch Recht! Also präparierte ich alle Schränke und Kommoden mit meinen Haaren, um den ultimativen Beweis zu haben, wenn jemand während unserer Abwesenheit dort drin war.

Auf dem Weg nach Thüringen fragte ich Ralf, ob
er seinen Eltern den Wohnungsschlüssel gegeben hat.
„Nein sie haben keinen Schlüssel bekommen, denn in
den vier Tagen brauchen sie auch keine Blumen zu gießen", erklärte er mir überzeugend. Ich war gespannt,
ob sich das bewahrheiten sollte.

Nach vier wunderschönen Urlaubstagen kehrten
wir nach Hause zurück. Ich öffnete die Wohnungstür
und merkte sofort, dass hier jemand in der Wohnung
war. Die Türen waren wieder verschlossen und die Kissen auf der Couch standen anders. Ich stellte die Babyschale ab und lies Lili frei herumkrabbeln. Ich schaute
zu den markierten Schranktüren und Schubkästen, in
der Hoffnung alles noch unberührt vorzufinden. Nein
das konnte doch nicht wahr sein! Hier war auf jeden
Fall jemand in der Wohnung und hat alles durchsucht.
Jetzt hatte ich einen Beweis. Und nun? Was sollte ich
machen? Sofort mit Ralf reden oder später? Gleich Hilde und Martin ansprechen? Nein, ich musste ruhig
bleiben und erstmal mit Ralf reden, dachte ich. So versorgte ich zuerst die Kinder. Dann sprach ich mit Ralf.
„Du hast mir gesagt, deine Eltern haben keinen Schlüssel, ist das wirklich so?", prasste es aus mir heraus.
Ralf erkannte, dass etwas nicht stimmte, bestätigte
aber nochmal seine Aussage. Ich konnte nicht anders
und erzählte Ralf, dass auf jedem Fall jemand in unserer Wohnung war, und erklärte ihm, wie ich zu der Ansicht kam. Ich sagte vorsichtig zu Ralf: „Ralf, ich glaube, dass sie auch in den Schränken waren!" Ralf war
empört. „Meine Eltern würden nie in unsere Schrän-

ke gehen. Du spinnst. Sie waren vielleicht mal hier in der Wohnung drin und haben die Blumen gegossen. Aber in den Schränken, nein, auf keinen Fall." Er wischte so meinen Beweis mit den Markierungen an den Schränken in realitätsverleugnender Manier einfach weg. Ich insistierte weiter. „Ich empfinde dies als massiven Eingriff in unseren Privatbereich. Es wurde hier in alle Schränke geschaut - dort liegen auch private Unterlagen und auch Sachen, die ich deinen Eltern nicht unbedingt zeigen möchte. Ich denke nur ans Schlafzimmer." Ralf sagte nur: „Wenn das wirklich stimmt, werde ich mal mit ihnen sprechen - allerdings werde ich einen passenden Moment abwarten." Ich versuchte ihm das zu glauben, dennoch änderte es nichts daran, dass ihr Verhalten nicht richtig war.

Ich schlief eine Nacht darüber, aber anstatt mich etwas zu beruhigen und abzuwarten, dass Ralf etwas unternahm, war ich am nächsten Tag innerlich noch aufgewühlter. In mir hatte sich mittlerweile so viel Unzufriedenheit über Ralfs Mutter angestaut, dass ich es nun nicht mehr aushielt. Lange Zeit hatte ich über vieles hinweg gesehen und es in mich hinein gefressen, aber heute war der Punkt erreicht, wo das Fass übergelaufen war. Ich lief zum Büro runter, ging wortlos an Ralf vorbei, und steuerte geradewegs auf Hilde zu, die hinter ihrem Schreibtisch saß und gerade etwas schrieb. Als sie bemerkte, wie ich mit zielstrebigen Schritten geradewegs auf sie zulief, schaute sie mich ganz verunsichert an. Trotz meiner innerlichen Aufgewühltheit versuchte ich nach außen hin ruhig zu wirken. Ich atmete nochmal tief durch. „Ich muss mal mit dir etwas bereden. Ich finde es nicht schön, dass ihr in unsere Schränke geht. Mir fiel das schon öfter auf und deshalb hatte ich sie gekennzeichnet. Ich möchte nicht, dass ihr in unseren Sachen herumwühlt." Hilde ergriff die Flucht nach vorne. „Warum können wir denn nicht in eure Wohnung, hast du was zu verheimlichen?" „Nein, wir haben nichts zu verheimlichen - wir möchten das einfach nicht und ich möchte mich nicht wegen dir mit Ralf streiten. Außerdem ist aus meiner Sicht absolut nicht in Ordnung, dass du dich immer bei Ralf über mich beschwerst und er danach die leidvolle Aufgabe hat, mir diese Nachricht zu überbringen. Es ist unsere Entscheidung, wie lange wir unser Kind stillen, ob es noch Mittagsschlaf macht oder wer uns mal besucht. Wenn dir irgendetwas nicht gefällt und es betrifft mich, dann erwarte ich von dir, dass du das Problem auch mit mir klärst und nicht Ralf vorschickst."

Ralf stand die ganze Zeit wie gelähmt in der Tür zum Nebenraum und hörte nur zu. Er war sicherlich genau wie seine Mutter von meinem energischen Auftreten überrascht. Hilde rang sichtlich um Worte und brachte wieder ihren Standardsatz hervor: „Das habe ich ja nicht so gemeint und ich möchte auf keinen Fall, dass ihr euch wegen mir streitet und werde mich aus eurem Leben heraushalten." Die Diskussion ging dann noch etwas weiter, aber letztlich verblieben wir so, dass sie bei einem Problem oder wenn ihr etwas nicht gefiel sie mit mir spräche und dies mit mir klärte. Ich war sichtlich erleichtert und hoffte, dass sich der Kontakt zu ihr jetzt bessern würde.

Am nächsten Tag, als ich mit Leo an der Hand und Lili in der Kinderschale die Treppe ins Büro runter kam, saß Ralf mit seiner Mutter am Schreibtisch. Sie begrüßten uns freundlich und Hilde stand sogleich auf, kam zu uns und schaute sich Lili an. Als ich das Büro mit Lili und Leo verließ, hatte ich ein zuversichtliches Gefühl wegen Hilde, da sie sich sichtlich anders präsentierte als sonst. Einen Tag später traf ich mit Lili wieder Oma Hilde an. Ich grüßte sie, doch sie tat nichts dergleichen. Ich war verwundert - vielleicht hatte ich gerade zu leise gegrüßt und deshalb grüßte ich erneut und lauter. Sie schaute wie erstarrt auf den Bildschirm und ignorierte mich völlig. Ich ging ohne ein weiteres Wort aus dem Büro. Von da an und immer wenn Kundschaft, Besuch oder Ralf in der Nähe war, grüßte sie mich freundlich. Ansonsten tat sie einfach so, als ob ich nicht existierte. Dies berichtete ich wieder Ralf, aber er wiegelte ab und meinte nur, dass sie mich wohl nicht gehört hätte. Sehr schön, anstatt dass ein klärendes Gespräch zu einer Verbesserung der Beziehung führte, wurde alles schlimmer. Hildes Verlogenheit nahm allmählich abstruse Züge an, und Ralf kam die Realität mehr und mehr abhanden. Meine Hoffnung, in dieser Familie endlich Fuß zu fassen, ging in immer größer werdenden Schritten in Rauch auf.

29

DER KRIEG BEGINNT

Ich war in der Großstadt aufgewachsen. Im Vergleich zu einer Wohnung auf dem Land oder in einer Kleinstadt zog dies einige Vorteile, aber auch Nachteile nach sich. In der Großstadt lebte man anonymer - seinem Nachbarn konnte man zwar vielleicht öfter sehen, aber was er oder sie so machte musste man nicht unbedingt wissen, und umgekehrt war es genauso. Der Nachteil war natürlich, dass man in der Stadt eher vereinsamen konnte. Was man als Stadtkind nicht lernte oder leicht unterschätzte, war die mit dem Leben auf dem Lande einhergehende Macht von Gerüchten und dem, was man gemeinhin als dummes Geschwätz abtat. Das sollte ich nun schmerzlich erfahren.

An einem Vormittag hatte ich eine Verabredung

mit Ralfs Cousine Sabrina. Ich setzte Lili in den Kinderwagen und machte mich auf den Weg Richtung Treffpunkt. Sabrina und ich waren uns schon früher einmal zufällig in Leos Kindergarten begegnet und wir waren uns damals auf Anhieb sympathisch. Wir wollten gemeinsam spazieren gehen und anschließend unsere Kinder aus dem Kindergarten abholen. Damit es für keinen zu weit war, trafen wir uns auf der Hälfte des Weges. Immer wenn ich sie sah, war sie dezent vornehm gekleidet. Wir begrüßten uns ganz herzlich, aber mir fiel gleich auf, dass ihr Verhalten anders als sonst war. Ich fragte sie, was denn los wäre. Sie zögerte etwas mit ihrer Antwort: „Ich war gestern beim Frisör hier an der Ecke", und dann sagte Sie mit Bedacht: „Ich glaube wir sind schon gute Freunde geworden und du solltest wissen, was hier über dich erzählt wird." Verwundert und zugleich fragend schaute ich zu ihr, während sie mir das sagte. „Ich habe von meiner Frisörin gehört, dass Hilde hier Dinge über dich erzählt hat. Sie hätte dich mit mehreren Männern gesehen und du würdest es mit der Treue nicht so ernst nehmen. Verstehst du was ich dir damit sagen will?" Ich schaute sie weiter wie erstarrt an. „Sie fragte mich, ob ich dich kenne. Angeblich sollst du mit Männern rummachen und Drogen nehmen." Ich schaute sie weiter ungläubig an und schüttelte mit dem Kopf. „Das kann doch nur ein Witz sein. Ich, die hier kaum jemanden kennt, kein Internet hat und noch nie mit Drogen in Berührung gekommen ist, werde hier als drogenabhängiges Flittchen dargestellt, welches an jedem Fin-

ger fünf Männer hat. Nein das kann nicht sein."
„Doch", sagte Sabrina mit ernster Miene zu mir,
„Genau das wird hier erzählt über dich und ich fand es
wichtig, dir dies zu sagen." Ich versuchte mir mein in-
nerliches Entsetzen nicht anmerken zu lassen. „Danke, dass du es mir erzählt hast", sagte ich dann. Ich
versuchte meinen Schock mit Humor zu übertünchen
und fügte noch hinzu: „Aber sahen die Männer wenigstens gut aus?" Tatsächlich war mir aber gar nicht
zum Lachen zumute. Wir gingen weiter in Richtung
Kindergarten, ein richtiges Gespräch kam aber nicht
mehr zustande - dazu war ich zu aufgewühlt.

Mir ging die Sache mit Sabrina nicht aus dem Kopf.
Ralf bemerkte meine Veränderung, als er zum Mittagessen aus der Werkstatt hoch kam. Er fragte mich was
los wäre und ich erzählte ihm von meiner Unterhaltung mit Sabrina. Er merkte wie aufgeregt ich war und
versuchte mich zu beruhigen. „Das kann doch nur eine Verwechslung sein, außerdem ist ihre Familie doch
nur neidisch auf uns, weil bei uns alles harmonischer
abläuft. Sie haben Stress mit ihrer Nachbarschaft und
den wollen sie nun in unsere Familie hereinbringen."
Der Erklärung von Ralf wollte ich Glauben schenken,
aber so richtig konnte ich es nicht. Hilde hatte offenbar angefangen, mich auch außerhalb ihrer Familie
fertig zu machen. Das war Rufmord, und ich wusste
mir nicht zu helfen, wie ich dem entgegen treten konnte.

30

FREMDE HILFE

Obwohl ich immer versucht hatte, mir halbwegs meinen Humor zu bewahren, gingen mir die Erlebnisse der vergangenen Monate doch so sehr an die Substanz, dass es mir fast von Tag zu Tag schlechter ging. Auch schlief ich immer schlechter und es kam immer öfter vor, dass ich bereits am Morgen gerädert war und die Tage entsprechend neben der Spur verbrachte. Mein Mann Ralf war mir hier auch keine große Hilfe - wann immer es an seiner Mutter etwas auszusetzen gab, schob er es mit lapidaren Bemerkungen beiseite oder tat so, als ob ich maßlos übertreiben würde. Das ging so weit, dass ich mir letztlich gar nicht mehr so sicher war, ob das nicht alles meine Schuld war.

Ich sah mich außerstande, das irgendwie selbst in

den Griff zu kriegen und beschloss, es einmal mit Hilfe eines Psychologen oder einer Psychologin zu probieren. Ich besprach das mit Ralf, und letztlich konnte ich ihn davon überzeugen. Allerdings wollte er nicht, dass ich einen Psychologen in der Nähe suchte. „Aber Du kannst nicht hier im Ort zum Psychologen gehen - wenn das herauskommt. Was sollen die Leute denken." Er ergänzte noch, und ich meinte fast, direkt den Einfluss seiner Mutter zu hören: „Ich kenne so was nicht, meine Mutter ist auch nicht zum Psychologen gegangen."

Da es hier also nicht sein sollte, suchte ich mir eine Psychologin in meiner alten Heimatstadt - so weit entfernt war das ja schließlich nicht und meine Mutter wohnte auch noch dort. Ich mache den ersten Termin aus. Die Psychologin hatte grüngraue Augen, lockige Haare, und ihre Haut war so blass, dass sie fast aussah wie eine gepuderte Kabuki-Tänzerin. Ich schätzte sie auf Mitte 50. Sie lächelte mich an und kleine Grübchen zeichneten ihre Wangen.

Ich erzählte ihr von meinen Problemen. Nach einigen Gesprächsstunden erklärte sie mir, dass es nicht meine Schuld war, sondern dass mein Mann nicht zu mir hielt und stattdessen immer seinen Eltern den Vorzug gab. Die Psychologin schlug eine Eheberatung für Ralf und mich vor. Ich sollte Ralf beim nächsten Mal mitbringen und wir würden dann alle gemeinsam über die Situation sprechen. Ich berichtete Ralf darüber und er stimmte zögerlich zu, zum nächsten Treffen mit zu kommen. Ich war vorsichtig optimistisch gestimmt, und tatsächlich kamen wir zu den nächsten beiden Treffen gemeinsam. Beim zweiten Termin versuchte sie ihm klarzumachen, dass wir ein eigenes Leben hätten und er mehr zu seiner Frau halten sollte. Und wenn die Mutter ein Problem hätte, sollte er sie direkt zu mir schicken und nicht mehr zulassen, das wir uns über die Ansichten der Mutter streiteten. Hier in diesem Rahmen mit der Psychologin zugegen stimmte Ralf noch zu.

Das klang gut, aber zu früh gefreut. Noch auf dem Nachhauseweg vom zweiten Treffen sagte er mir im Auto, dass es ein weiteres Treffen mit der Psychologin und ihm nicht geben werde, und dass er es nicht nötig hätte, sich von der Psychologin Kritik anzuhören. Er meinte auch, dass ihn persönlich sowieso keine Schuld träfe, weil er nichts falsch gemacht hätte. Somit war dies für Ralf erledigt und ich ging wieder allein zu den Terminen. Im Nachhinein betrachtet war dies genau falsch herum - Ralf und seine Mutter hätten eine psychologische Betreuung viel mehr nötig gehabt. Sie waren es, die meinten, die Weisheit mit Löffeln gegessen zu haben. Und sie suchten die Ursache von Problemen immer bei anderen und nie bei sich selbst. So war ich es, die zur Psychologin ging und diese hatte die sehr schwere Aufgabe vor sich, mir meine Schuldgefühle zu nehmen.

31

RALF DREHT DURCH

Es war ein wolkenloser Sommertag. Der Wetterbe-
richt versprach einen Temperaturrekord, und tatsächlich, am Nachmittag war die Luft so heiß und schwül,
dass sich jede Bewegung anfühlte, als ob man durch
Watte stapfte. Wir gingen in den Garten, wo wir den
Pool aufgebaut hatten. Ein leichter Wind lies die Was-
seroberfläche kräuseln, so dass sich die brütend heiße
Sonne flimmernd in ihr spiegelte. Ich pustete Leo die
Schwimmflügel auf und dann ging es über eine Leiter
ab ins Wasser. Die verglichen mit der Umgebung küh-
lere Temperatur brachte sofortige Erfrischung. Leo
machte sich schnell einen Spaß daraus, wiederholt die
Treppe hochzuklettern, um mir immer wieder in meine Arme zu springen. Leo war ausgelassen und glück-

lich. Mit den Worten: „Mama, nochmal!", wiederholte er das Spiel gefühlte hundert Mal, und auch mir machte es einen Heidenspaß, auf diese Weise dabei gleichzeitig die Sonne und das kühle Wasser zu genießen. So ging es eine ganze Weile. Nachdem sich mein Körper auf eine angenehme Temperatur abgekühlt hatte, wollte ich den Pool verlassen. Ich ging zur Leiter, aber mein kleiner Leo stand oben auf der Leiter und wollte mich nicht heraus lassen, wobei er mich mit seinen leuchtenden Augen anstrahlte. Er sprang dann aber nochmal rein zu mir ins Wasser, und unmittelbar danach stieg ich die Leiter hoch. Oben fast angekommen zog ich meine Füße aus dem Wasser und Leo bekam einen Spritzer ab. Sichtlich vergnügt quietschte Leo laut auf. Ralf kam mit zwei großen Handtüchern zum Pool, gab mir eins und hob Leo aus dem Wasser. Leo sagte dabei: „Mama hat mich vollgespritzt!" Papa trocknete ihn ab. Lili lag derweil die ganze Zeit auf einer Decke im Schatten und beobachtete die Blätter, die über ihr am Baum hin und her wackelten. Ich sagte zu Ralf: „Es ist einfach faszinierend, wie die Kleine das alles so genau beobachtet." Ralf nickte. „Komm wir gehen erst einmal Kaffeetrinken. Ich habe den Tisch schon vorbereitet als ihr im Wasser ward." Ich freute mich, als ich den liebevoll gedeckten Tisch erblickte. „Du hast den Tisch aber wirklich schön gedeckt", lobte ich ihn.

Schnell machte ich es mir im Gartenstuhl bequem. Dabei setzte ich die Füße an die Tischkante und versank mich zurücklehnend in dem Stuhl. Oben am Himmel waren die Kondensstreifen eines Flugzeugs zu sehen, ansonsten war es für einige Sekunden absolut still. Selbst von meinem Wirbelwind Leo war nichts zu hören, da er gerade in aller Seelenruhe im Sandkasten spielte. Zwei Minuten später sah ich dann aber, wie er aus dem Sandkasten herauskam und auf mich zulief. Ich wollte kein schlechtes Vorbild sein und rückte mich zurecht, um die Füße von der Tischkante zu nehmen und mich gerade aufzusetzen. Dabei machte ich eine ungeschickte Bewegung und stieß gegen den Tisch, der schon ein älteres Modell war und nicht wirklich stabil auf dem Gartenboden stand. Er kippte zwar nicht um, wofür auch die mir gegenüber stehenden Stühle sorgten, aber die auf ihm stehendem Gläser und die Kaffeekanne fielen um.

Ralf bekam das ganze Geschehen mit. Irgend etwas in ihm machte klick, und anstatt den Vorfall als Unachtsamkeit abzutun oder eine humorvolle Rüge auszusprechen, explodierte er förmlich. Selbst eine Zurechtweisung hätte ich noch hinnehmen können, durch die Hitze konnte es ja schließlich mal zu übertriebenen Reaktionen kommen, aber was dann kam, lag jenseits jeglicher Vorstellungskraft und stürzte mein Weltbild ins Chaos. Dieses für ihn so typische Von-Sich-Weisen kannte ich zwar schon zu Genüge, aber aufbrausend trat er mir gegenüber eigentlich bisher nicht auf. Das war diesmal anders. Er bekam einen regelrechten Ausraster, regte sich fürchterlich auf und beschimpfte mich, wie blöd ich doch sei. „Mein Gott, so was kann doch mal passieren", stieß ich beschwichtigend hervor. Aber Ralf war nicht mehr zu bremsen.

„Nein, so was macht man nicht und dann noch vor den Kindern" schrie er mich an, und schimpfte weiter. „So was kenne ich nicht. Du hast kein Benehmen, deine Mutter hat dir wirklich keine Manieren beigebracht! So was gab es in unserer Familie nicht!" Ich war empört über den Ton und über das, was er mir vorwarf. Mir war unverständlich, wie man sich über so ein Malheur so aufregen konnte. Ich entgegnete ihm, dass ich dies nicht mit Absicht gemacht hätte. Er beschimpfte mich weiterhin und unser Streit wurde sogar noch intensiver. Dabei stieß er zum ersten Mal hervor: „Du glaubst doch nicht, dass du die Kinder bekommst, so blöd wie du bist wenn Du zur Psychologin gehst." Das konnte doch nicht wahr sein! Das klang nach Scheidung und mir fiel es wie Schuppen von den Augen. Das also trieb Ralf jetzt um? Der Ralf, der einst die Liebe meines Lebens war und ich vermeintlich die seine? Der Ralf, mit dem ich zwei Kinder gemeinsam hatte? Der Ralf, mit dem ich ein für Ernst gehaltenes Eheversprechen teilte? Der redet von Scheidung, weil ich zum Psychologen ging und einen Kaffee umgeschüttet hatte? Mir war irgendwie klar, dass das zumindest teilweise vorgeschoben war, und dass hier das schlechte Verhältnis zwischen seiner Mutter und mir der eigentlich ausschlaggebende Faktor war. Trotzdem, er hatte mich geheiratet, und ich sollte seine Frau sein, und seine Mutter sollte seine Mutter bleiben. Offenbar lief da etwas völlig schief. Ich war über diese Äußerung von ihm so schockiert, dass ich keine Worte fand. Daraufhin rief ich Leo, der gerade im Sandkasten spielte, und ging zu Lili und nahm sie auf den Arm hoch. Mir ging nur noch durch den Kopf, dass der spinnte, dass ich das Streitfeld verlassen müsste, damit die Kinder den Streit nicht mitbekamen. Kurzer Hand ging ich zur Sandkiste, nahm Leo an die Hand und forderte ihn auf, mit mir zu kommen, was er auch sofort tat, während er mich fragend ansah.

Daraufhin äußerte sich Ralf, der immer noch tobte: „Du hast hier keine Rechte, hier ist alles meines, verschwinde!" Er stürzte auf uns zu, entriss mir beide Kinder und ging schnellen Schrittes mit ihnen vom Gartengrundstück. Ich stand zuerst erstarrt und fassungslos da, ging dann aber zum Kaffeetisch, stellte das Geschirr in den Korb, setzte mich und atmete tief durch. Ich kam mir vor wie im falschen Film und hoffte, dass er sich beruhigte und zu der Erkenntnis gelangte, dass er überreagiert hatte. Aber nein, es kam alles ganz anders.

Minuten später, ich saß immer noch am Tisch und wusste nicht, wie mir geschah, kam Ralf mit Vater Martin zurück. Mir ging durch den Kopf, was macht jetzt sein Vater hier wo sind meine Kinder? Ich erkannte meinen Mann nicht wieder. Er schimpfte und wiederholte immer wieder, dass ich gewaltsam den Tisch umgeschmissen und meine Kinder misshandelt haben soll. Ich war wie versteinert und verstand die Welt nicht mehr. Ich versuchte ihm zu entgegnen, dass er sich gewaltig irrte. Aber anstatt in irgend einer Form auf mich einzugehen, sagte er immer wieder, dass ich verschwinden soll vom Grundstück, und dass unsere

Kinder von nun an nicht mehr meine seien, sondern Hilde als Mutter bekämen. Ich wusste bei so viel Wahnsinn nicht mehr, was ich noch sagen sollte. Mir fiel nur ein, dass Lili gestillt werden musste. Ralf sagte darauf: „Nein, du stillst ab, das braucht sie eh nicht mehr, und verschwindest jetzt". Und er ergänzte: „Meine Mutter kümmert sich jetzt um sie."

Ich ging in Richtung unserer Wohnung, weil ich hoffte, Leo und Lili dort zu finden. Aber Ralf und sein Vater hatten in der kurzen Zeit das Schloss ausgetauscht. Mir wurden meine eigenen Kinder vorenthalten! Ich war voll durch den Wind - vor einer Stunde noch schien alles in Ordnung gewesen zu sein, und jetzt war ich von Berserkern umringt, die mir meine Kinder wegnahmen.

Jetzt wusste ich nicht mehr wohin. Verzweifelt und heulend setzte ich mich an den Feldrand und versuchte, nachzudenken. Was sollte ich nur tun? Mir mit Gewalt Zutritt verschaffen, um wieder zu meinen Kindern zu kommen? Oder warten, ob er sich beruhigte? Oder die Polzei holen? Nach mir unendlich lang erschienener Zeit konnte ich wieder einen einigermaßen klaren Gedanken fassen. Ich rief bei meiner Mutter an, und nachdem ich ihr kurz geschildert hatte, was passiert war, beschlossen wir, dass ich erst einmal zu ihr kommen sollte. Auch die Nacht sollte ich bei ihr verbringen. Den Schlüssel zu meinem Auto hatte ich zum Glück in meiner Tasche - nicht auszudenken, wenn ich den auch noch bei den Verrückten hier gelassen hätte. Den hätten sie mir bestimmt aus reiner Gehässigkeit nicht mehr gegeben. Um meine Kinder tat es mir leid, aber mangels Alternative musste ich sie fürs erste hier lassen. Immerhin hatte ich trotz dem gerade Geschehenen noch einigermaßen die Hoffnung, dass man sich leidlich gut um sie kümmern würde. Ich setzte mich ins Auto und fuhr los.

32

DIE POLIZEI KOMMT

Am nächsten Tag hatte ich Gott sei dank einen Termin bei der Psychologin. Ich erklärte ihr die Situation. Sie gab mir den Rat, unbedingt wieder hinzufahren und die Kinder zu holen. Vor allen aber sollte ich Lili stillen - was die Leute da mit mir gemacht hatten ginge ja schon in Richtung Körperverletzung. Sie riet mir noch, die Polizei zu holen, falls sie die Kinder nicht herausgeben wollten. Da ich von den Erlebnissen noch ziemlich geschockt war, nahm ich ihre Ratschläge mit Dank auf und fühle mich ein bisschen besser. Ich fuhr zum Hof, um die Kinder zu holen und um Lili zu stillen.

Lili war bei den Schwiegereltern und die Tür zur Terrasse war offen. Die Eltern saßen am Tisch und

Lili lag derweil neben ihnen auf dem Boden. Offensichtlich sah sie mich durch die Tür und strampelte plötzlich aufgeregt mit ihren Armen und Beinen. Ich ging rein und sagte, dass ich mein Kind stillen möchte. Martin und Hilde sprangen auf und sagten: „Du bekommst das Kind nicht!" Daraufhin wollte ich Lili vom Boden aufheben, doch Hilde stellte sich dazwischen und ich wurde, als ich mich zu Lili bückte, von Hilde an die Schrankwand gestoßen. Die Mutter sagte darauf: „Jetzt macht die wohl noch unsere Anrichte kaputt." Ich ging fassungslos aus der Wohnung heraus und hinter mir wurde zugeschlossen. Daraufhin rief ich die Polizei und gab an, dass mir meine kleine Tochter nicht herausgegeben wurde.

Die Polizei kam und ich erzählte was passiert war. Als die Polizei Ralf fragte, warum er mit seinen Vater einfach die Schlösser der Eingangstür gewechselt hat, äußerte Ralf nach kurzer Überlegung, dass ich am Tag zuvor in der gemeinsamen Wohnung sowie in der Tischlerei Feuer gelegt hätte. Deshalb hätten sie auch gleich die Schlösser ausgetauscht. Martin ergänzte, dass er unverzüglich eine Anzeige wegen Brandstiftung machen wollte. Daraufhin sagten die Polizisten, dass die Anzeige auf dem Revier gemacht werden müsse. Trotzdem wollte die Polizei sich vor Ort den Sachverhalt anschauen. Daraufhin gab Ralf an, dass ich alle Beweise vernichtet hätte. Ich stand fassungslos daneben und hörte diesem surrealen Gespräch zu. Ich reagierte dann entsprechend und sagte den Polizisten, dass das alles nicht stimmte. Wie sollte ich denn

Beweise wegräumen, wenn ich gar nicht mehr in die Wohnung gehen konnte? Daraufhin wurde nichts gesagt. Die Polizisten fragten mich dann noch, ob ich einen Mietvertrag hätte. Das spielte schon eine Rolle, immerhin waren Ralfs Eltern die Eigentümer der Wohnung. Hätte ich einen Mietvertrag gehabt in dem mein Name stand, wäre mein eheliches Wohnrecht ja verbrieft gewesen. So hatten sie das Hausrecht und konnten mehr oder weniger frei walten. Trotzdem, in dem Moment konnte ich nicht über rechtliche Winkelzüge dieser Art nachdenken und die Frage kam mir wie Hohn vor.

Trotz der unübersichtlichen Situation wurde festgelegt, dass ich mich andernorts um Lili kümmern könne, während Leo dableiben sollte. Auf diese Weise sollte sichergestellt sein, dass Leo weiter in den Kindergarten gehen konnte. Ich wurde in unsere Wohnung gelassen, wo ich schnell anfing, für Lili die nötigsten Sachen zusammen zu packen. Ich legte Lili in das Laufgitter und sie schrie. Ralf kam in die Wohnung, stellte sich in die Ecke und beobachtete uns, wobei er eine sehr seltsame Miene aufsetzte. Ich ging zu Lili, beruhigte sie und legte sie wieder in das Laufgitter. Schnell packte ich weiter. Er kam zu mir und sagte in forschem Ton: „Na, willst du dich nicht um Lili kümmern?" Er ergänzte darauf, dass ich eine Kinderschänderin und eine Brandstifterin wäre. Auch wäre ich psychisch krank, da ich zum Psychologen ging. Er lachte mich hämisch aus.

Lili fing bei den barschen Worten ihres Vaters wieder an zu schreien. Ralf drohte nun. „Das ist schon das zweite Mal, wie das hier so ist und Lili schreit. Beim dritten Mal passiert was!". Ein Polizist kam in die Wohnung und fragte mich ob alles in Ordnung wäre. Sie hätten Ralf schreien gehört. Er wartete an der Wohnungstür und Ralf hielt sich sofort mit seinen Äußerungen zurück.

33

ZUSAMMENBRUCH

Vollkommen kopflos ging ich heulend mit meinem Baby auf dem Arm zu meinem Auto. Auch die Kleine war fertig und schrie. Ich machte die Babyschale fest und fuhr vom Grundstück. Sie brüllten mir noch hinterher: „Hau ab und lass dich bloß nicht wieder hier sehen, die Kleine holen wir auch noch - wir haben einen guten Anwalt und gute Beziehungen." Ich merkte schon, dass das Psychoterror war, aber mir gingen diese Worte trotzdem nicht mehr aus meinem Kopf. Wie in Trance fuhr ich auf die verkehrsreiche Hauptstraße. Ich schaute auf den Beifahrersitz zu meinem schreienden Baby und mir wurde bewusst, dass ich sofort anhalten müsste, um mich etwas zu beruhigen. An der ersten günstigen Parkgelegenheit hielt ich an, nahm die Kleine zu mir in den Arm und weinte verzweifelt. Nach einiger Zeit rief ich meine Mutter an, die mir sagte, dass ich zu ihr kommen sollte. Mein Baby schlief nun und ich fuhr los.

Als meine Mutter mir die Tür öffnete, wollte sie mich in den Arm nehmen, doch ich rutschte völlig entkräftet zusammen. Sie konnte gerade eben so noch verhindern, dass ich auf den Boden fiel. „Nein, so bist du Auto gefahren?", klagt sie und nahm mir die Babyschale ab. Es war inzwischen bald neun Uhr Abends und ich erzählte unter Tränen von den Vorfällen. Christian und meine Mutter konnten nicht glauben, dass die Polizei nach einen Mietvertrag gefragt hatte, obwohl wir verheiratet waren und ich bei meinem Mann polizeilich gemeldet war. Ich fand diese Nacht keine Ruhe, heulte noch im Bett und dachte über die Vorfälle des Vortages nach. Ich versuchte zu schlafen, jedoch war dafür zu viel geschehen.

Am nächsten Tag, es war ein Samstag, nachdem ich mich um Lili gekümmert hatte, wollten wir gemeinsam frühstücken. Ich konnte jedoch nichts essen und trank nur nach gutem Zureden etwas Tee. Mir ging es miserabel. Meine Mutter war verzweifelt, kümmerte sich aber liebevoll um meine kleine Lili, bevor sie zur Arbeit gehen musste. Christian jammerte: „Wie soll das denn weitergehen, das Mädchen ist kaputt, da müssen wir doch was unternehmen." Ich stellte fest, dass ich in meiner Verzweiflung zu wenig Windeln eingepackt hatte. Ich fühlte mich jedoch außerstande, für mein geliebtes Baby Windeln und Wickelsachen zu kaufen, so dass meine Mutter nach der Arbeit in das Einkaufszentrum fuhr, um dies zu besorgen. Sie arbeitete als Erzieherin in einem Kindergarten und brachte mir auch leihweise einen wirklich alten, aber funktionstüchtigen Kinderwagen von dort mit. Sie konnte an dem Tag etwas eher nach Hause gehen. Ich war dankbar, hatte aber keine Kraft, um mit der Kleinen und meiner Mutter etwas spazieren zu gehen.

Christian und meine Mutter beschlossen, dass ich schnellstens psychologische Hilfe in Anspruch nehmen sollte. Ich merkte auch, dass ich nicht selber da raus kam, daher brauchten sie mich nicht lange zu überreden. So beschlossen wir gemeinsam, dass ich in ein Fachkrankenhaus für Psychiatrie gehen sollte. Dort angekommen, wurde ich erst einmal von einer Abteilung zur anderen geschickt. Die Babyschale war schwer und gemeinsam mit meiner Mutter lief ich durch die ordentlich gepflegte Gartenanlage, für die ich aber zu diesem Zeitpunkt keinen Sinn hatte. Endlich waren wir in einer Station angekommen, die sich für mich zuständig zu fühlen schien. Nach einem ersten kurzen Gespräch mit einer sehr freundlichen, verständnisvollen Ärztin sollte ich warten. Als eine etwas gestresst wirkende Ärztin nach ungefähr drei Stunden zu mir kam und ein Gespräch mit mir führte, erklärte sie uns, dass ich ihrer ersten Begutachtung zufolge kein Fall für dieses Haus war. Da ich aber völlig fertig war und wir hilflos vor ihr standen, bot sie uns trotzdem Hilfe an. Sie wies mich auf eine Stadion ein, wo ich auch meine kleine Lili mitnehmen konnte. Es war inzwischen nach neun Uhr Abends und meine Mutter holte mir noch notwendige Sachen, die ich für die Kleine und mich brauchte.

Nun konnte ich mein Zimmer beziehen und Lili kam endlich auch zur Ruhe. Ich wartete noch auf die Rückkehr meiner Mutter und wollte danach nur noch schlafen. Auch meine kleine Lili schlief gut durch und weckte mich erst am nächsten Tag um sieben Uhr. Nach dem Frühstück gab ich Lili in dem Schwesternzimmer ab, da ich ein Arztgespräch hatte. In dem Ärztezimmer saßen drei Ärzte an einem Tisch und erwarteten mich. Ich sollte mich vorstellen und erklären, warum ich hier war, worauf ich von den Geschehnisse der vergangenen Zeit erzählte. Danach stellten sie mir verschiedene Fragen, die alle auf meine geistige Gesundheit abzielten. Das waren Fragen zu Drogen- und Alkoholkonsum, und ob ich Dinge sah, die es nicht gab oder Stimmen hörte. Fast war ich versucht, dass mit ja zu beantworten, aber sie meinten ja Stimmen von Leuten, die es nicht gab. Nach meinen Antworten hatten sie keine weiteren Fragen an mich und ich durfte wieder zu meiner Tochter gehen. Lili wurde von einer Schwester fürsoglich herumgetragen. Dennoch schrie sie aus Leibeskräften. Auf meinem Arm beruhigte sie sich sofort. Am Nachmittag besuchte mich meine Mutter, die sich sichtlich freute, dass es mir etwas besser ging.

34

ICH KEHRE ZURÜCK

Psychische beziehungsweise emotionale Gewalt in häuslichem Umfeld zeichnet sich in einer einfacheren, passiven Form durch Schweigen und soziale Isolation aus. Mitgliedern in einer Haus-, Hof- oder Lebensgemeinschaft wird die Kommunikation verweigert und das Selbstwertgefühl der betroffenen Personen wird dadurch schrittweise zerstört. In einer aktiven Form kommt es zu Abwertungen, Einschüchterung, Beschimpfungen, Verboten, Drohungen, Nötigungen und Bevormundungen.

In diesem Sinn war ich bereits ein Gewaltopfer par excellance. Aber noch schlimmer, mein Realitätssinn war bereits so verschoben, dass die es schafften, dass ich noch einmal auf diesen Hof zurückkehrte.

Die Stellschrauben hierfür waren einfach: Beschwichtigungen von Seiten einer wenigstens einstmals geliebten Person, die Hoffnung, dass es vielleicht mal wieder so werden würde, wie es früher war, und das Wohl der Kinder, die einen Vater und eine Mutter brauchten. Nur das Letzte davon war real, alles andere waren naive Wunschvorstellungen. Ein Mann, der eine psychische Peitsche einsetzte, wird das ebenso immer wieder tun, egal wie viele Entschuldigungen und Beteuerungen zwischendurch eingeschoben wurden. Heute weiß ich das, aber damals meldete sich Ralf bei mir und beschwichtigte mich mit Engelszungen, dass das doch alles nicht so gemeint war.

Genauer gesagt rief Ralf noch am selben Abend an. Er wollte wissen wie es uns ging und er klang ganz normal und vernünftig dabei. Ich erzählte ihm, wo ich war und er sagte gleich, dass er mich am nächsten Tag mit Leo besuchen wollte. Ich stimmte zu und war erfreut, Leo wiedersehen zu können. Am Tag darauf, nach dem Frühstück und bevor Ralf mit Leo kam, führte ich noch ein intensives Gespräch mit einem Arzt. Ich sagte ihm dabei auch, dass ich am Vorabend mit Ralf gesprochen hatte und dass er mich heute besuchen wollte. Der Arzt versuchte mir zu erklären, dass das alles nicht meine Schuld war. Vielmehr sah es nach psychischer Gewalt von Seiten meines Ehemanns aus. Allerdings sei ich kein Fall für eine psychiatrische Klinik, sondern eher für ein Frauenhaus. Er schlug mir dennoch vor, mit Ralf zu reden und noch einmal eine Eheberatung anzustreben. Diese Worte gaben mir etwas Hoffnung, Selbstvertrauen und Selbstsicherheit zurück.

Am Nachmittag kam der versprochene Besuch von Ralf und Leo. Nach kurzer Abstimmung behielt ich Leo und der Arzt sprach mit Ralf auf dem Flur. Als Ralf wieder bei mir war, entschuldigte er sich für sein Handeln und nahm mich in den Arm. Er sagte mir, dass wir es noch einmal mit einer Eheberatung versuchen könnten. Er wäre in sich gegangen und hätte jetzt nichts mehr dagegen. Außerdem sollte ich wieder zu ihm zurückkommen. Er versicherte mir, das er mit seinen Eltern gesprochen und den Vorfall richtig gestellt hätte. Ich ließ mich darauf ein. Nach zwei Tagen in der Klinik war ich etwas gestärkt und wurde mit dem Befund entlassen, dass ich kein Fall für die Psychiatrie war. Ich bekam trotzdem noch Kontaktinformationen für das Frauenhaus ausgehändigt. Gemeinsam mit meinem Mann hatte ich ein Abschlussgespräch bei dem Oberarzt, der nochmal verdeutlichte dass ich, auch bedingt durch die Geburt und das Stillen eine noch labile Psyche habe und Zuwendung und Liebe benötigte. Ralf sagte im Beisein des Arztes, dass nicht alles so gut gelaufen war und dass er alles tun würde, damit es mir wieder besser ging. Wir verabschiedeten uns und fuhren nach Hause.

Zuhause angekommen erfasste mich ein beklemmendes Gefühl. Und tatsächlich, meine Schwiegereltern waren im Garten, und als sie mich sahen fing Hilde prompt zu keifen an: „Na, hamse dich wieder raus gelassen, dich hätten sie ganz und gar behalten sollen." Beide Schwiegereltern lachten maliziös zu uns rüber. In diesem Moment geschah das Unerwartete. Ralf sagte zu Hilde: „Mutti, das ist meine Frau und sie ist wieder hier." Das erste Mal seit ich Ralf kannte, erhob er in meinem Beisein das Wort gegen seine Mutter. Dies gab mir Mut und ich glaubte wirklich an einen Neuanfang für uns. Noch am selben Tag fragte ich Ralf, ob wir uns einmal mit seinen Eltern unterhalten wollten, um unser Verhältnis wieder in Ordnung zu bringen. Er antwortete: „Ich werde mit meinen Eltern sprechen." Ich gab mich damit zufrieden, auch weil ich Angst hatte, dass ein Gespräch mit meiner Anwesenheit eskalieren könnte, und das wollte ich auf keinen Fall.

35

FRAUENHAUS

Am nächsten Morgen kümmerte ich mich wieder um den Haushalt und hängte die Wäsche auf dem Balkon auf. Ralf ging mit den Kindern in den Garten. Kurz danach folgte ich ihnen dahin und sah wie Lili aus dem Kinderwagen fiel. Mir blieb vor Schreck das Herz stehen. Ralf stand in aller Ruhe neben dem Kinderwagen, während Leo im Sandkasten spielte. Ich rannte zu Lili und hob sie auf. Zum Glück war ihr nichts passiert. Gleich danach sagte ich zu Ralf: „Kannst du nicht aufpassen?" Ralf wurde jetzt widerborstig. „Du warst nicht da, dass ist doch Deine Schuld. Du hast sie runterfallen lassen. Du bist echt zu blöd, um auf deine Kinder aufzupassen." Ich vernahm die Worte und konnte nicht glauben, was er jetzt von sich gab. Wie

konnte er die Tatsachen so verdrehen? Und mich auch
noch als Schuldige hinstellen? Er war so ungehalten,
dass meine daraufhin vorgebrachten Einwände nicht
bis zu ihm durchdrangen. Er beleigte und beschimpfte mich immer provokativer bis hin zur Behauptung,
dass ich psychisch gestört wäre und eine Gefahr für
unsere Kinder darstellte.

Ich bereute, dass ich wieder zum Hof zurückge-
kehrt war. In diesen Moment fielen mir auch die Worte aus der Klinik wieder ein, dass ich ein Opfer psychischer Gewalt wäre und überlegen sollte, ins Frauenhaus zu gehen. Ich sagte zu Ralf, dass es mir reichte
und das ich ins Frauenhaus gehen würde. Die Nummer von dort hatte man mir ja in der Klinik gegeben. Auch wenn der Schritt mir zuerst sehr schwer fiel,
schließlich war das alles neu und unbekannt, und auch
den Kindern eine Erklärung zu geben würde nicht einfach sein. Ich fühlte mich ziemlich allein. Ich nahm Lili und fing an, ein paar Sachen für uns drei einzupacken. Ralf informierte derweil seine Eltern, die auch
gleich ankamen, als ich bereits mit meiner Tasche und
Lili in der Babyschale zum Auto ging und sie hinten auf
der Beifahrerseite anschnallte.

Hilde hatte einen wirren Gesichtsausdruck. Wie
eine Verrückte sprang sie zur Beifahrertür, griff nach
den Unterlagen aus der Klinik, die ich dort abgelegt
hatte, und fing an, laut aus ihnen vorzulesen. Irgendwie war ich ein derartiges Verhalten allenfalls von
Kindergartenkindern gewohnt, aber die ganze Szenerie war gerade dabei, ins Abstruse abzugleiten, daher

passte das auf eine wirre Art und Weise. Ich wollte
dem Einhalt gebieten, schloss Lilis Tür, sprang nach
vorne und nahm Hilde die Dokumente weg. Dabei ist
ein Zettel runtergefallen. Sie stellte sich sofort darauf
und ging auch nach Aufforderung von mir nicht vom
ihm runter. Die Schrift war groß genug, so dass man
ihn auch von oben lesen konnte, womit sie auch gleich
anfing. Es waren zufälligerweise die Notizen über das
Frauenhaus. Sie fing auch gleich an, sich lustig darüber zu machen und zu lachen. Ich bückte mich nach
dem Zettel und wollte ihn ihr wegnehmen, aber das gelang mir nur, nachdem ich ihn zerrissen hatte. Hilde
ging dann zum hinteren Teil des Wagens und wollte
die Tür öffnen, um Lili aus dem Auto holen. Ich konnte das gerade noch verhindern, indem ich das Auto
verriegelte. Hilde schrie mich an, dass ich doch Lili
aus dem Auto lassen sollte. Sie klopfte an Lilis Fens-
terscheibe. Währenddessen schienen sich Martin und
Ralf königlich über die Szenerie zu amüsieren und
machten sich lauthals lustig über mich. Nun versuchte ich, Leo an mich zu nehmen. Ralf hatte ihn auf den
Arm genommen, und als Ralfs Eltern merkten, dass
ich Leo holen wollte, stellten sie sich zwischen Ralf und
mich. Dabei schimpften sie immer weiter auf mich
ein. Leo fing an zu schreien, dass er zu mir wollte. Aber
sie hielten mich davon ab, zu Leo zu gelangen.

Ich geriet allmählich in Panik und dachte nur
noch an eine Flucht zum Frauenhaus. Da fiel mir ein,
dass die Kontaktinformationen mit der Telefonnummer immer noch in der Wohnung lagen. Ich stürzte

in Richtung Wohnung, während Lili derweil immer noch im Auto saß. Auf dem Weg begegnete mir Ralfs Schwester, die mich auch gleich attackierte. Von wegen was mir einfiel, klein Lili zu schütteln. Ralf hätte ihr das gesagt. Ich versuchte ihr klar zu machen, dass das nicht unbedingt der Wahrheit entsprechen musste. Daraufhin hielt sie inne, hörte auf zu schreien und kam sogar ins Grübeln. Ich eilte weiter hoch in die Wohnung, schnappte mir mein Handtasche mit den Unterlagen und rief das Frauenhaus an. Ich war etwas überrascht, weil zuerst ein telefonisches Interview stattfinden musste, bevor weitere Schritte eingeleitet werden konnten. Nachdem mir am Telefon erklärt wurde, dass es etwas länger dauern würde, erzälte ich von Lili im Auto. Wir machten aus, dass ich gleich wieder zurückrufen würde, damit ich mich um sie kümmern konnte. So lief ich schnell runter zu Lili, nahm sie aus dem Auto und ging sogleich zur Wohnung zurück. Ralf und seine Familie standen immer noch unten im Hof und zeterten weiter. Auch wenn ich eigentlich nicht mehr aufnahmefähig war, bekam ich doch noch mit, wie Martin sagte: „Mit solchen Leuten muss man sich anders unterhalten, die ist doch psychisch krank!"

Zurück in der Wohnung verschloss ich sofort die Tür hinter mir. Ich setzte dann das Gespräch mit dem Frauenhaus fort. Sie sagten mir schließlich, dass ich mit meinen Kindern kommen könne. Wenige Minuten später klopfte es laut an der Tür und jemand sagte: „Bitte öffnen Sie die Tür, hier ist die Polizei!" Mein

Herz klopfte mir bis zum Hals. Ich öffnete vorsichtig die Wohnungstür, woraufhin mir die Polizisten erklärten, dass der Schwiegervater die Polizei gerufen und angegeben hätte, dass ich Lili über Stunden im Auto eingesperrt haben und dann einfach in die Wohnung gegangen sein sollte. Sie traten ein und schauten nach Lili. Nachdem sie bemerkt hatten, dass mit Lili alles in Ordnung war, fing ich an, ihnen von den Vorfällen hier zu erzählen. Ich sagte auch, dass ich ins Frauenhaus möchte. Sie bekräftigten mich in meinen Vorhaben und boten mir letztlich ihre Hilfe an.

Sie schützten mich vor weiteren Beschimpfungen, und hatten auch alle Hände voll zu tun damit, weil Hilde samt Anhang kaum zu bändigen waren. Unterdessen packte ich die Sachen für die Kinder ins Auto. Die Polizisten begleiteten mich und die Kinder danach zum Treffpunkt des Frauenhauses, indem sie vor mir herfuhren. Ich hatte wahnsinnige Angst und war total verunsichert. Was würde mein Mann wohl als nächstes tun? Ob er versuchen würde, mir die Kinder wegzunehmen?

Am Frauenhaus angekommen lud ich die Kinder und das Gepäck aus dem Wagen aus. Dabei ging mir ein Plastikbeutel kaputt. Eine Oma mit ihrem kleinen Enkel kam zufällig in dem Moment vorbei und bot mir sofort ihre Hilfe an. Auch die Leute aus dem Frauenhaus halfen mir sofort mit dem Reintragen der Taschen ins Gebäude. Das freute mich - so etwas Herzliches hatte ich schon lange nicht mehr erlebt.

Im Frauenhaus waren dann auch andere Frauen

mit Kindern, und das hat sich im Laufe der folgenden Tage als große Entlastung herausgestellt. Wir konnten uns mit der Kinderbetreuung abwechseln und unsere Erfahrungen austauschen. Einer machte das Essen, der andere passte auf die Kinder auf. Da stellte ich dann fest, das die anderen Frauen teilweise mit ähnlichen Problemen zu kämpfen hatten wie ich. Die Kinder konnten immerhin zusammen spielen und hatten da auch großen Spaß dabei.

Während meiner Zeit im Frauenhaus versuchte Ralf ständig, mich anzurufen. Sie sagten mir dort aber, dass ich auf keinen Fall mit meinen Mann reden sollte. Nach einer Woche ging ich dann aber doch ans Telefon, als mich wieder einmal ein Anruf von Ralf erreichte. Er sagte mir, dass er mir bei der Wohnungssuche und dem Beschaffen der Möbel behilflich sein wollte. Er fragte mich auch, ob er die Kinder mal sehen oder haben dürfe. Ich rief meine Mutter an und sie sagte, dass ich erst einmal bei ihr bleiben könne. Sie wollte mir auch bei der Wohnungssuche behilflich sein. Zum Beispiel könnten wir uns eine Wohnung von ihrer Freundin anschauen. Ich schlief noch eine Nacht im Frauenhaus, aber am nächsten Morgen verließ ich es dann und wir fuhren zu meiner Mutter. Gegen Abend brachte ich mit meiner Mutter die Kinder zu Ralf und wir machten aus, dass ich die Kinder am nächsten Morgen wieder bekäme. Welcher Teufel mich da geritten hatte, wusste ich nicht. Irgendwie glaubte ich wohl immer noch gegen besseres Wissen, dass man mit Ralf vernünftig reden könnte.

Am nächsten Morgen passierte dann das, was eigentlich passieren musste. Obwohl ich meine Freundin Nele mitgenommen hatte, gab Ralf die Kinder nicht mehr heraus. Stattdessen fing er wieder an, mich zu beschimpfen. Immerhin haben sie mir erlaubt, mich in der Wohnung um Lili zu kümmern. Nele musste derweil draußen warten. Ich nahm die Gelegenheit wahr, auch ein paar Sachen für die Kinder einzupacken, damit ich sie dann mitnehmen konnte. Mit Lili im Babyautositz ging ich runter in den Hof, wo Nele und Ralfs Schwager auf mich warteten. Ich ging zu ihnen hin und in dem Moment kamen auch schon Martin und Hilde hinzu. Hilde stürzte sich sofort auf mich, als sie sah, dass ich Lili bei mir hatte, und versuchte, mir die Kleine zu entreißen. Sie sagte: „Du nimmst das Kind nicht mit!", während sie weiter am Kindersitz zog. Als sie bemerkte, dass ich Nele mitgebracht hatte, ließ sie ab und begann, mich bei Nele schlecht zu machen. Sie beschwerte sich auch über meine Aufmachung und bezeichnete mich als nuttig. Nele widersprach - ich wäre ganz normal gekleidet. Sie ergänzte, dass der Streit eine Angelegenheit zwischen Ralf und mir wäre, und dass die Schwiegereltern sich nicht einmischen sollten.

Ralf kam dazu und fing wieder an, mir jegliches Recht auf Einflussnahme, was unsere Kinder anging, abzusprechen. Ich hätte angeblich überhaupt nichts zu sagen - er allein hätte die Bestimmungsgewalt darüber, was mit den Kindern geschah.

Da wir wieder keine Einigung hinbekamen, rief

Ralfs Schwager die Polizei herbei. Diesmal wurde mir Lili mitgegeben, während Leo auf dem Hof bei seinem Vater blieb. Ich gab an, dass wir zu Nele fahren würden und die Polizei schrieb ihre Adresse auf. Zwei Wochen später bezog ich eine Wohnung mit drei Zimmern in der Nähe meiner Mutter. Ich nutzte die Zeit auch, um mir eine Anwältin zu nehmen - so konnte es nicht weiter gehen.

36

ÜBERGRIFFIG

An diesem Tag, es war ein Freitag, fuhr ich auf den Hof, um meine Sachen zu packen. Ralf stand die ganze Zeit dabei und schimpfte bedrohlich auf mich ein, wie schlimm doch meine Mutter und ich wären. Ich erklärte ihm, dass in drei Wochen ein gerichtlicher Termin für die Entscheidung anstand, was mit den Kindern zu passieren hatte. Wieder folgten Beschimpfungen. Eine Zeit lang versuchte ich noch, das zu ignorieren. Aber irgendwann wurde es mir zu bunt und ich nahm das Handy heraus und fingierte ein Gespräch. Ich sprach: „Hast du das jetzt gehört?", in das Gerät, als Ralf wieder eine verächtliche Beleidigung ausstieß. Das brachte ihn offensichtlich auf die Palme - er schlug mir das Handy aus der Hand, packte mich rü-

de am Arm und verdrehte ihn so stark, dass er mir fast
den Arm auskugelte und ich vor Schmerzen schrie. Er
verlies danach wortlos die Wohnung. Ich nahm das Telefon, das auf dem Boden lag und rief nach der Polizei
und einem Krankenwagen.

Als die Polizei kam, redeten sie zuerst mit Ralf
und seinen Leuten. Das war so herum nicht gut für
mich, denn als sie mit mir sprachen, hatten sie eine vorgefasst Meinung. Sie sagten mir, dass sie mir
meine Kinder nicht mitgeben könnten, weil die Behauptung im Raum stand, dass ich sie vernachlässigt
hätte. Beispielsweise habe es in meiner Wohnung keine Möbel gegeben und sie sei sowieso nicht kindge-
recht eingerichtet, weil ich meine Zeit lieber auf der
Straße mit Herumlungern verbrächte. Fassungslos be-
stritt ich dies energisch. Meine Nerven lagen blank.
Stattdessen müssten die Polizisten laut ihrer Meinung
das Jugendamt hinzuziehen, wenn ich weiter darauf
bestünde die Kinder mitzunehmen. Und dann kämen
sie vielleicht in ein Heim, was ich aber auf keinen Fall
wollte. Das Argument, dass die kleine Lili gestillt werden müsse, interessierte die Polizei augenscheinlich
dieses Mal nicht. Sie sagten noch, dass mir ja der Weg
offen stünde, das über einen Anwalt regeln zu lassen.

Das ganze fand jedoch an einem Freitag statt, und
es war nicht zu erwarten, dass mir ein Anwalt, oder
das Jugendamt oder sonst irgendeine Institution zeitnah helfen konnte. Ich wurde daher von der Erkenntnis übermannt, dass mir in diesem Moment und für
gefühlt unbestimmte Zeit meine Kinder weggenom-

men würden! Seelisch auf diese Weise angegriffen und einem Zusammenbruch nahe, drängten sich jetzt auch noch die Schmerzen in meinem Arm in den Vordergrund. Ich lies mich daher mit dem Krankenwagen ins Krankenhaus fahren, wo eine starke Überdehnung des Armes festgestellt wurde. Ich bekam sofort eine Armbinde, so dass das Gelenk ruhig gestellt war. Danach rief ich Sonja an und erklärte ihr alles unter Tränen. Sie erzählte mir, dass sie nicht mehr fahren könne, da sie etwas getrunken hatte, aber sie würde zusammen mit ihrem Freund kommen, um mich abzuholen. Eine dreiviertel Stunde später standen sie dann auch vor der Tür. Ich fiel ihr weinend in die Arme, und danach fuhren wir alle zu ihr nach Hause. Diese Nacht schlief ich unruhig, da für mich sehr unklar war, wann ich meine Kinder wiedersehen würde. Am nächsten Tag holten meine Mutter und Sonja das Auto vom Hof weg.

Noch an diesem Wochenende brachte Ralf Leo und Lili zu mir. Er wollte unbedingt mit in meine Wohnung. Das gefiel mir nicht wirklich, und irgendwie fühlte es sich auch so an, als ob er vorher irgend etwas kontrollieren wollte. Außerdem wollte ich ihn, nach allem, was passiert war, sowieso nicht in meine Wohnung lassen und verwehrte ihm den Zutritt. Meine Mutter war auch da, und als die Kinder drinnen waren, fragte sie Ralf, warum er jetzt plötzlich der Ansicht war, dass sich seit dem letzten Polizeieinsatz von vor zwei Tagen so viel in der Wohnung geändert hätte. Ralf meinte nur: „Ich habe Lili gewogen - wehe wenn sie abnimmt!"´

Ich zog Lili aus und bemerkte einen blauen Fleck an ihrer rechten Wange. Ich öffnete schnell das Fenster von meiner Küche und rief zu Ralf hinunter, der gerade Ins Auto einsteigen wollte: „Was ist mit Lilis Wange passiert?" Ralf schaute nach oben und erwiderte: „Das hatte sie schon bei dir, du bist jetzt für sie verantwortlich." Er grinste mich an, stieg in sein Auto und fuhr los.

Als mich Ralf einige Tage später um ein Gespräch auf Elternbasis bat, kam es zu einer neuen Eskalationsstufe. Wir gingen alle gemeinsam, Lili, Leo, Ralf und ich, an einen See in ein nahe gelegenes Naherholungsgebiet. Plötzlich fing er an, mir zu drohen. Ich müsse bei der anstehenden Verhandlung vor dem Familiengericht unbedingt die von ihm vorgeschlagene 50-zu-50 Regelung akzeptieren, andernfalls würde er behaupten, dass ich schon mehrmals versucht hätte mich umzubringen. Und er würde für falsche Zeugen vor Gericht sorgen. Nachdem ich von seinem aggressiven Verhalten schon mehrfach Kostproben zu spüren bekommen hatte, gesellte sich jetzt also auch noch hochkriminelle Erpressung hinzu. Solcherlei Manipulationen hätte ich vorher eher seiner Mutter zugetraut. Sauber. Und gut erzogen, Schwiegermama. Ich brachte das vor dem Familiengericht zur Anzeige. Leider brachte das nichts, weil er alles abstritt.

Was dann vor Gericht passierte, war, dass dem Antrag meiner Anwältin auf elterliche Sorge zugunsten einer familientherapeutischen Behandlung nicht stattgegeben wurde. Die bestellte Familientherapeutin besuchte uns und hörte sich unsere Geschicht mit allem Vorgefallenen an. Letztlich kam es dazu, dass wir uns außergerichtlich einigten. Ralf stimmte zu, dass die Kinder bei mir angemeldet werden können, und er sie alle vierzehn Tage am Wochenende und darüber hinaus einmal in der Woche für einen Tag zu sich nehmen könnte. Auch ein Betreuungsplatz in der Kindertagesstätte für beide Kinder, der für das Jugendamt sehr wchtig war, hatte sich schnell gefunden. Ich schöpfte für den Moment neue Hoffnung, dass jetzt alles wieder besser würde.

ich gab mich mit dem Kompromiss zufrieden. Aber anstatt dass Ruhe in die Sache einkehrte, sollte das Pendel noch auf verhängnisvolle Weise erst auf die eine, dann auf die andere Seite ausschlagen, und die Katastrophe würde bis in weitere, ungeahnte Dimensionen vorstoßen. Das wusste ich zu dem Zeitpunkt natürlich noch nicht.

37

DIE KUR UND DER
NEUANFANG

Um mich von den Strapazen und dem Stress der vergangenen Monate zu erholen hatte ich eine Kur beantragt. Diese wurde auch bewilligt, aber bevor es so weit war, hatte ich noch Zeit meine Wohnung fertig einzurichten und die Kinder auf den neuen Kita-Platz vorzubereiten.

Die Kur sollte vier Wochen dauern und ich hatte einen Ort an der Ostsee gewählt. Die Kinder konnte ich mitnehmen. Sobald es soweit war, packte ich alles Notwendige ein und wir fuhren einige Stunden mit meinem Wagen, bis wir in einem hübschen kleinen Ort ankamen. Dort gaben sie uns ein riesiges Zimmer mit vier Betten. Das Zimmer war sehr freundlich und hell, und auch alles andere gefiel uns sehr gut und wir fanden schnell Anschluss mit den anderen Gästen. Auch die Angestellten waren sehr freundlich zu uns. Jeden Abend rief Ralf an und unterhielt sich mit den Kindern, aber auch wir redeten bisweilen kurz miteinander. Nach etwa einer Woche sagte mir Ralf, dass er die Kinder vermisste und gern besuchen möchte. Da ein betreuender Psychologe mir aber schon früh davon abriet, Ralf als Besucher zu empfangen, lehnte ich zuerst ab. Dann teilte Ralf mir aber mit, dass er für das kommende Wochenende bereits ein Zimmer im Kurort gebucht hatte. Das war eigentlich anmaßend, weil er dadurch meine Erlaubnis voraussetzte. Es musste vermutlich an der entspannten Atmosphäre gelegen haben, dass ich nicht weiter widersprach, sondern seinen Besuch akzeptierte. Die Kinder freuten sich jedenfalls riesig, dass der Vater sie besuchte. Wir trafen uns vor der Kuranlage und die Kinder rannten sofort zu ihm und begrüßten ihn. Ralf kam auf mich zu und begrüßte mich mit Handschlag. Er fragte, ob er mit den Kindern zwei Stunden spazieren gehen könnte. Nachdem ich zugestimmt hatte, gab ich ihm meine Zimmernummer, damit er wusste, wohin er sie nach dem Spaziergang bringen musste.

Nach ungefähr zwei Stunden kamen Ralf und die Kinder zurück. Die Kinder rannten ins Zimmer und freuten sich, dass sie wieder da waren. Leo erzählte, dass sie Eisessen und an der Ostsee waren und sie zeigten mir, dass sie Spielsachen vom Papa bekommen hatten. Er kam auch rein und fragte mich, ob er noch ein bisschen da bleiben könne. Ich brachte es nicht übers Herz, den Vater vor den Kindern wegzuschicken. Sie waren so glücklich und freuten sich über ihren Vater. Eine Stunde später verabschiedete er sich von uns, da wir Abendessen gehen wollten. Er fragte mich, ob er morgen Vormittags die Kinder wieder haben könnte und ob ich mitkommen möchte. Ich sagte zu ihm, dass ich das Morgen entscheiden würde. Nach dem Abendbrot fragte mich Leo, wo Papa schlief, und dass er doch bei uns schlafen könnte - wir hätten doch noch ein Bett frei. Ich drehte mich von Leo weg, denn meine Tränen liefen.

Am nächsten Tag gab ich Ralf Bescheid, dass ich nichts gegen ein Treffen einzuwenden hatte. Zur verabredeten Zeit holte Ralf uns ab und wir verbrachten daraufhin einige Stunden. Alles verlief harmonisch und die Kinder waren sehr glücklich. Als wir uns verabschiedeten fragte mich Ralf, ob wir am kommenden Wochenende wieder etwas unternehmen wollten. Ich stockte und überlegte, stimmte dann aber zu. In den folgenden Tagen telefonierten wir täglich. Mir war nicht wirklich wohl dabei, denn eigentlich wollte ich Abstand halten und die täglichen Telefonate machten das nicht gerade einfach. Auch meine Gefühle zu Ralf spielten in meinen Kopf verrückt. Mein Kopf sagte: „Mädchen las dass", aber mein Herz freute sich und sagte etwas anderes, wenn wir telefonierten oder uns sahen. Wir machten aus, wie wir das kommende Wochenende gestalten wollten. Als es soweit war, trafen wir uns wieder in der Kuranlage und Ralf umarmte mich zur Begrüßung. Wir besuchten einige lokale Attraktionen, gingen ans Meer, aßen ein Eis, und auf dem Rückweg schliefen Leo und Lili glücklich vor Erschöpfung ein.

Im Auto unterhielten wir uns auch über die Geschehnisse der letzten Monate und er entschuldigte sich für sein Verhalten. Er gab an, dass ihm die Arbeit in seiner Firma, der Hausbau, das Kümmern um die Kinder und die Auseinandersetzungen mir seinen Eltern einfach zu viel geworden waren. Er versicherte mir auch, dass er einen Termin bei einer Psychologin gemacht hatte und dass er jetzt eine Therapie machen wollte. Und immer wieder sagte er, dass er viele Fehler gemacht hätte und es unendlich bedauerte, dass er nicht zu uns gehalten hatte. Ihm kamen die Tränen und ich nahm ihn tröstend in meine Arme. Ich konnte meine Gefühle jetzt auch nicht mehr zurückhalten und wir küssten uns. Auch der darauffolgende Tag war sehr schön und ich fühlte mich wieder wie in einer kleinen Familie. Vergessen waren alle Sorgen und die vergangenen Geschehnisse rückten in den Hintergrund.

Nach dem Kuraufenthalt hängten wir noch eine Woche Urlaub an der Ostsee dran. Diese Zeit schweißte uns wieder zusammen. Ralf berichtete mir, dass er mit seinen Eltern gesprochen hatte und sie zugaben, dass auch sie Fehler gemacht hatten und ihr Verhalten mir gegenüber nicht richtig war. Auch dass sie sich in unsere Beziehung mit eingemischt hatten, tat ihnen leid. Ralf ergänzte noch, dass er sich Hilfe holen wollte und einer Eheberatung zustimmte. Ich schöpfte neuen Mut für unsere Beziehung. Davon, dass diese Aussage wieder eine seiner ausgezeichneten Lügen war, ahnte ich in dem Moment noch nichts. In diesem Zusammenhang machten wir auch wieder neue Zukunftspläne. Der bisherige Kindergartenplatz war zum Jahresende gekündigt und für die Kinder war geplant, dass sie in einen anderen Kindergarten in der Nähe meiner Wohnung gehen sollten. Doch was nun? Was sollte ich tun? Mein Zuhause war mit neuen Möbeln gemütlich eingerichtet, die Kinder waren bei mir angemeldet, die Schwiegermutter war weit weg, ich hatte nette Nachbarn, meine Freunde sowie auch meine Familie lebten in meiner Nähe. Auch meine Arbeit hätte ich in meiner Nähe gehabt. Aber ich sah auf der anderen Seite auch meine kleine Familie, hörte auf mein Herz und wollte uns eine zweite Chance geben.

Weihnachten stand vor der Tür. Wieder zu Hause angekommen berichtete ich meiner Familie sowie meinen Freunden von unserm Vorhaben. Alle hatten gemischte Gefühle. Meine Mutter sah ein, dass es besser wäre, wenn wir uns wieder verstünden und sie riet uns, unbedingt eine Eheberatung aufzusuchen. Meine Freunde waren unterschiedlicher Meinung. Die Eine zählte mir auf, was diese Familie mir alles angetan hatte und dass ich mich dort nie frei gefühlt hatte. Ich sollte mir das gut überlegen, ob ich mich auf einen neuen Versuch einlassen möchte. Die Andere freute sich für die Kinder und wünschte mir, dass alles wie-

der gut ginge. Wieder andere hielten sich raus.
Ich beschloss, mit den Kindern wieder zurück zu
Ralf zu ziehen. Es musste alles schnell entschieden
werden, da der Termin für eine endgültige Absage
oder Zusage für den neuen Kitaplatz unmittelbar bevorstand. Doch innerlich kämpfte ich mit mir, ob dies
wirklich der richtige Schritt war. Zu viel war geschehen. Und die Kinder müssten wieder bei ihm gemeldet werden. Dies war nicht unproblematisch, da die
Anmeldung in einem anderen Bundesland stattfinden
musste. Wir einigten uns letztlich für einen Monat auf
Probe für ein Zusammenleben bei Ralf. Er sagte mir,
dass er mit seinen Eltern ausgemacht hatte, sich erstmal aus allem herauszuhalten. Tatsächlich hielten sie
sich fern und wir hatten keinen Kontakt zu ihnen. Alles war wieder wie am Anfang - ich glaubte und vertraute ihm, unser Leben war harmonisch und voller
Liebe. Rückblickend hätte ich deswegen skeptischer
sein müssen - wenn es ihnen allen Ernst mit einem
Neuanfang war, warum dann die Distanz? Entweder
raufte man sich aus Überzeugung zusammen, oder
eben nicht. Den Kontakt zu vermeiden und irgendwann später den Löwenkäfig aufzumachen und zu
schauen, ob der bissige Löwe sich zurückhalten kann,
war wie russisches Roulette. Und tatsächlich, später
würde sich herausstellen dass Ralf mich wie ehedem
nach allen Regeln der Kunst schon wieder belog.

Wir unterhielten uns nach Weihnachten darüber,
wie wir das neue Jahr meistern wollten und was unsere Vorsätze wären. Ich sprach wieder die Eheberatung

an und bat Ralf, mitzukommen. Nach langem Betteln von meiner Seite aus stimmte er zu. Außerdem vereinbarten wir, ein Schriftstück aufzusetzen, welches mir ein Wohnrecht in der ehelichen Wohnung ermöglichte, auch für den Fall, dass es wieder Streit geben sollte. Er versicherte mir, dass das nicht noch einmal vorkommen sollte und unterschrieb eine entsprechende Abmachung. Ich glaubte ihm und war beruhigt. Er sagte, er würde alles machen, damit ich ihm nochmal eine zweite Chance zugestände und unsere kleine Familie nicht aufgäbe. Er hätte so viel falsch gemacht. Mit dem Start ins neue Jahr machte ich einen Termin bei der Eheberatung aus. Ich erklärte der Frau am Telefon, um was für ein Anliegen es ging und dass es in meinen Augen wirklich dringend wäre, da wir einen Neustart versuchen wollten. Sie gab mir gleich eine Termin in zwei Wochen. Den ersten Termin musste ich leider verschieben, da Ralf in der Firma viel zu tun hatte. So ganz konnte ich mich des Anscheins nicht erwehren, dass es ihm eigentlich gar nicht so wichtig war. Bei einem zweiten Termin nahm er jedoch Teil. Ich schöpfte so Hoffnung, dass wieder alles gut werden würde, und so starteten wir tatsächlich einen Neuanfang und besiegelten ihn direkt mit dem Einzug ins neue Haus. Wochen und Monate vergingen und ich kündigte meine neu eingerichtete Wohnung. Zuletzt vertraute ich ihm nahezu blindlings und wir schienen uns wieder in allem bestens zu verstehen. Auch wollte ich die hohe Miete für meine Wohnung nicht länger bezahlen, kündigte sie daher und verkaufte meine Möbel. Ralf wollte keine meiner Sachen mit ins neue Haus nehmen. Schließlich meldete ich mich und die Kinder wieder in Ralfs Stadt an.

38

KINDER SCHLÄGT MAN NICHT

Das neu gewonnene Paradies sollte nicht lange Bestand haben. Vielmehr war es erschreckend, wie schnell uns der Alltag einholen sollte. Und das hieß hier leider auch, dass sich die alten Verhaltensweisen dieser kaputten Familie wieder zeigten. Und von den überschwänglichen Beteuerungen meines Mannes, dass er alles besser machen wollte, blieb nur noch dünner Rauch übrig. Schlimm genug, dass ich mir letztlich vorwerfen lassen musste, wie blauäugig ich doch die Lippenbekenntnisse von Ralf für bare Münze nahm. Viel schlimmer aber war, wie sehr meine Kleinen noch unter der unhaltbaren Situation leiden werden.

Gerade mal einen Monat nach meiner Rückkehr zu
dem Hof fiel mir auf, dass Ralfs Nichte Paula blaue Fle-
cken an den Armen und den Beinen hatte. Ich sprach
Ralf darauf an und äußerte die Vermutung, dass die
blauen Flecke von Schlägen kämen. Eigentlich hatte
ich nie innigen Kontakt zu Ralfs Schwester und Schwager gepflegt, aber bei Kindern verstand ich keinen
Spaß und hielt es geradezu für meine Pflicht, das
Vorhandensein der Blessuren zu klären. Ralfs Bemerkung hierzu haute mich schier von den Socken. „Das
geht uns nichts an. Halte dich gefälligst zurück. Und
überhaupt, wenn sich die Kinder daneben benehmen,
dann ist die eine oder andere Ohrfeige schon O.K!".
Ich dachte ich höre nicht richtig. Ich sagte ihm sehr
erbost, dass das nicht ginge und dass man Kinder auf
keinen Fall schlagen dürfe. Offenbar genervt von meinen Widerworten brauste Ralf auf: „Wenn du irgend-
wem sagst, dass Anja und Thorsten ihre Kinder schlagen, fliegst Du hier raus und siehst deine eigenen Kinder nie wieder". Danach plustete er sich auf und beleidigte mich. „Hier bestimme ich, wo's lang geht, und
dir wird eh keiner mehr glauben. Du bist doch das letzte und hast eh einen psychischen Knacks." In diesem
Moment wusste ich, dass die Wieder-Annäherung
während der Kur eine einzige Lüge war, und dass ich
einen großen Fehler begangen hatte, indem ich meine
eigene Wohnung aufgab. Ich verließ wegen so viel An-
feindung und dem Schock das Zimmer, ohne die Diskussion fortzusetzen.

Spät am Abend trafen wir wieder aufeinander und der Streit ging sofort weiter. Diesmal blieb es nicht bei einem Wortgefecht, stattdessen packte er mich am Arm und schüttelte mich. Als ich mich wehrte, schlug er mir mit der Hand gegen den Brustkorb und ich fiel so unsacht gegen die Wand, dass ich mich krümmte und zuerst keine Luft mehr bekam. Ich schrie dann laut und lief Richtung Haustür, um erneut nach der Polizei zu rufen. Ralf lief mir nach und hielt mich fest, diesmal aber nicht, um mir wieder weh zu tun, sondern um sich dafür zu entschuldigen, dass er so derb zugeschlagen hatte. In diesem Moment kam Leo die Treppe herunter und fragte verstört: „Mama, was ist?" Ich brachte ihn dann ins Bett, holte Lili mit hinzu, verschloss die Tür und schlief mit den Kindern im Arm ein. Am nächsten Morgen kam Ralf zu mir und sagte, dass es ihm Leid täte und dass es nicht mehr vorkommen würde. Aus Scham und mit der Angst, dass meine Kinder auch geschlagen würden, beließ ich es erst einmal dabei. Wieder zum Frauenhaus zu gehen wäre aber sicherlich der bessere Weg gewesen.

39

INS GESICHT

Wir saßen im Wohnzimmer auf der Couch und stritten uns wieder einmal über Ralfs Eltern. Auf eine mir lächerlich erscheinende Bemerkung von Ralf hin ließ ich mich dazu hinreisen, ihn nachzuäffen. Das brachte ihn so auf die Palme, das er ausholte und mich mit seiner Faust ins Gesicht schlug. Wenn ein Mann eine Frau schlug, egal aus welchem Grund, war das schon schlimm genug. So etwas bekamen nur miese Feiglinge hin, die es irgendwie nicht fertigbrachten, den Vor-Steinzeit-Modus in ihrem Gehirn in den Griff zu bekommen. Einen Menschen ins Gesicht zu schlagen ging noch eine Stufe weiter. Das war ein Akt der Verachtung. Das Gesicht war durch die Sinnesorgane für jeden Menschen das Tor zur Welt. Wenn ich Dir ins

Gesicht schlage, drücke ich damit aus, dass du dich gefälligst aus der Welt zurückziehen solltest, während ich da bleibe und die Oberhand behalte. Ein Schlag ins Gesicht ist damit so ähnlich wie ein vorübergehender Mord. Ich schrie wegen des Schmerzes, was Leo hörte und ihn dazu brachte, wieder die Treppe herunter zu kommen. Ich wollte zu meiner Tasche mit dem Handy darinnen, um die Polizei und meine Mutter anzurufen, aber Ralf hatte sie genommen und wollte sie nicht mehr hergeben. In der Tasche befand sich auch der Schlüssel fürs Auto, so dass ich festsaß. Ralf hatte sich beruhigt und entschuldigte sich wieder, aber das Maß war voll. Ich brachte Leo ins Bett und holte auch Lili ins Zimmer, bevor ich die Tür zuschloss. Am nächsten Morgen packte ich für uns Sachen, weil ich wieder ins Frauenhaus wollte. Ralf kam zeitiger wie sonst aus der Werkstatt. Er entschuldigte sich wieder und bat um einen letzten Versuch. Ich sagte, dass es so nicht weiter gehen konnte, und wenn überhaupt, dann nur, wenn er sich professionelle Hilfe holte. Inständig gab er mir das Versprechen, dass es diesmal genau meinem Wunsch entsprechend so kommen würde.

Die nächsten Tage färbte sich mein Auge blau. Auch das Tragen einer Sonnenbrille half nicht viel. Aus diesem Grund brachte Ralf die Kinder in den Kindergarten. Als ich von seinen Angestellten skeptisch baäugt wurde, versuchte ich leicht lächelnd zu erklären, dass mir eine Zuckerdose aufs Auge gefallen sei. Diese Ausrede benutzten wir bei jeder Gelegenheit - im Kindertgarten, bei meiner Mutter, und sogar bei der

Eheberatung. Zuletzt glaubte ich fast selber an diese Lüge.

40

Zweierlei Maß

Ich war mit Leo und Lili auf dem Trampolin. Die Schwiegereltern kamen mit Besuch von ihrem Grundstück und gingen zur Werkstatt, kaum fünf Meter entfernt von uns. Sie blickten kurz zu uns, Hilde sagte etwas für mich unverständliches zu ihrem Besuch und dann sahen alle weg. Keine Spur von einer Begrüßung, keine Spur davon, uns einander vorzustellen. Wieder wurde ich wie eine Aussätzige behandelt. Als ich es Ralf erzählte, tat er es wie üblich damit ab, dass ich es mir nur einbildete. Gegen Abend, der Besuch war immer noch da und alle standen auf dem Grundstück der Schwiegereltern herum und betrachteten die Blumen, kamen Ralf, die Kinder und ich aus der Werkstatt heraus und wir liefen in einigen Metern Entfernung an der Gesellschaft vorbei. Dabei platzte aus mir ein lautes: „Guten Tag", heraus. Der Besuch schaute auf und grüßte uns. Aber Ralfs Eltern ignorierten uns weiter und grüßten auch nicht. Das müssen sie ja jetzt gehört haben, ging es mir durch den Kopf. Zu Ralf sagte ich: „Siehst du, deine Eltern können wie immer nicht grüßen!" Ich ging weiter mit den Kindern zum Haus und Ralf rief mir zu, dass er gleich nachkäme. Kurz darauf, ich bereitete gerade das Abendessen zu, und die Kinder schauten Fernsehen, kam er zu mir und fing sofort zu fluchen an. „Kannst du nicht einmal den Besuch und meine Eltern vernünftig grüßen? So geht das nicht. Was du dir heute wieder geleistet hast. Du bist das letzte. Ich will nicht mehr mit dir zusammen sein." Ich fragte ihn: „Wie hätte ich denn grüßen sollen?". Er meinte nur: „Na einfach mit mir mitkommen, als ich hin ging." Ich konnte das aber gefühlsmäßig nicht, sagte ich ihm. „Was der Besuch jetzt über uns denkt. Da ist doch ganz klar, dass dich hier keiner grüßt. So wie du bist. Die wollen dich hier nicht. Keiner will dich hier. Du kannst gehen, ich habe die Schnauze voll von dir!"

Ich versuchte Ralf zu beschwichtigen: „Mensch hör doch mal auf vor den Kindern, wegen Grüßen." Ich ergänzte noch, dass das doch albern sei. Er sagte: „Du kommst mit meinen Eltern nicht klar und mit meiner Schwester auch nicht". Leo und Lili befanden sich in dem Momen direkt neben uns. Ich wollte die Situation entschärfen und sagte zu Ralf: „Komm, wir essen erst einmal zu Abend." Ich ging zu ihm hin und wollte ihm umarmen. Ich drückte ihn, aber er wollte das nicht und drehte sich zur Seite weg. Dabei kratzte ich ihm versehentlich mit dem Fingernagel am Ohr. Er fing sofort zu schreien an, dass ich ihn verletzt hätte und total bekloppt wäre. „Ich zeige dich an. Raus jetzt hier, du kannst gehen". Er ging ins Bad. Kurze Zeit später folgte ich ihm und versuchte mich zu entschuldigen, aber er sagte nur, dass man sich hier mit allen verstehen müsse, und dass das hier keinen Sinn ergäbe, wenn man das nicht konnte. Toll, dachte ich mir. Er durfte mich schlagen, aber wenn ich ihm aus Versehen weh tat, war das eine Katastrophe und ich die Böse.

41

Hinauswurf

Zeugenaussage von Christian P., vom 20.07.2015

Am 20.07.2015 gegen 20 Uhr rief Frau Nicole H. bei Ihrer Mutter, Frau K. an und teilte ihr mit, dass ihr Mann, Herr Ralf H., sie vor die Tür setzen will. Weiter hatte er bereits das Türschloss entfernt, da es angeblich plötzlich defekt gewesen wäre. Die Tür war jedoch über den Schnapper verschlossen. Daraufhin fuhren wir, Frau K. und ich, sofort nach [Ort] um nach einer besseren Lösung, mögliche Versöhnung der Eheleute H., zu suchen.

Wir gingen auf das Haus mit der provisorischen wackligen Holztreppe zu und bemerkten sofort, dass das Schloss entfernt war. Wir klopften an die Tür und

Nicole H. öffnete die Haustür. Wir, Nicole, Frau K. und ich setzen uns im Wohnzimmer an den Tisch und Nicole informierte uns über das Zerwürfnis mit ihrem Mann. Die Kinder 17 Monate und 4 Jahre waren mit Herrn H. bei dessen Eltern in deren Haus auf dem gleichen Grundstück.

Nach dem etwa zweistündigen Gespräch mit Nicole gingen Frau K. und ich zu dem Haus der Eltern des Herrn Ralf H. Herr H. sah uns kommen und empfing uns an dem Garteneingang des Elternhauses. Im Laufe des aufgeheizten Gespräches sagte Herr Ralf H., dass er seine Frau an den Haaren aus dem Haus heraus zerren würde, wenn sie nicht freiwillig das Haus verlasse. Das es mitten in der Nach war, ist ihm völlig gleichgültig gewesen. Wir versuchten weiter zu schlichten, was jedoch nicht möglich war. Ein Hausverweis wurde weder von Herrn Ralf H. noch von Herrn Martin H. mir oder Frau K. erteilt. Wir gingen wieder zu Nicole zurück und diskutierten weiter. Nach einer weiteren Stunde kam der Vater von Herrn H. an die Haustüre und fragte nach einem Schlüsselbund und einem Fotoapparat von Ralf H. Nicole sagte dem Schwiegervater, dass sie nicht wisse wo die Gegenstände waren. Danach ging Herr Martin H. wieder in sein Haus zurück.

Nach etwa weiteren 15 Minuten tauchte Herr Ralf H. in seinem Haus auf und beschuldigte seine Frau die Gegenstände versteckt zu haben. Er bestand darauf, dass Auto von Nicole zu untersuchen, da er vermutete, dass Nicole die Gegenstände dort versteckt habe. Die

Suche blieb erfolglos. Danach ging Ralf H. wieder in das Haus seiner Eltern. Auch jetzt erteilte mir Herr H. kein Hausverbot.

Nach dem Weggang von Herrn H. wurden die vermissten Gegenstände doch noch gefunden. Ich selber brachte die Gegenstände zu dem Haus der Eltern H., wobei ich erneut versuchte eine Versöhnung zu erreichen, was jedoch erneut rundweg abgelehnt wurde. Ich sagte Herrn H., dass wir Nicole jetzt nicht mitnehmen. Alle Beteiligten sollten erstmals eine Nacht darüber schlafen. Am nächsten Tag wird man weiter sehen. Damit wurde zumindest erreicht, dass Nicole noch diese Nacht in dem Haus bleiben konnte. Auch jetzt wurde von niemanden ein Hausverbot erteilt.

Ich ging in das Haus von Frau Nicole und Herrn Ralf H. zurück. Wir besprachen mit Nicole nochmals die Situation und verließen gegen 1 Uhr am 21.07.2015 das Haus.

Am 21.07.2015 gegen 14:30 Uhr verließ Frau H. das Haus in [Ort] und fuhr zu Ihrer Mutter nach [Ort]. Wir tranken gemeinsam Kaffee mit anderen Familienangehörigen. Gegen 19:15 Uhr fuhr Frau H. zurück in das gemeinsame Haus nach [Ort]. Dort stellte sie fest, dass das angeblich plötzlich defekte Schloss immer noch nicht ersetzt wurden war. Nach Aussage von Nicole klopfte Nicole an die Haustür. Der 4 jährige Sohn Leo hörte seine Mama und wollte die Tür öffnen. Nicole hörte wie Herr H. dem Kind verbot, seine Mutter herein zu lassen. Das Kind konnte den Vater wohl nicht verstehen und fing an zu weinen und sagte: „Es

ist doch nur die Mama!" Kurz danach öffnete Herr H.
das Fenster und schrie heraus, dass Nicole nicht herein kommen dürfe, sie könne ja die Polizei rufen. Daraufhin rief Nicole ihre Mutter, Frau K., wieder an und
schilderte die Situation. Frau K. und ich beschlossen
ebenfalls nach [Ort] zu fahren um Nicole möglichen
Beistand zu leisten.

In der Zwischenzeit rief Nicole die Polizei an, welche mit einem Streifenwagen gegen 20:15 eintraf. Die
Polizeibeamten ließen sich von Frau K., Frau H. und
mir die Situation schildern und sagten gleich, dass
man da nur wenig tun könne. Man könnte lediglich
versuchen Herrn H. dazu zu bringen seine Frau freiwillig in das Haus zu lassen. Da Frau H. zwei Schreiben vorweisen konnte, dass sie dort ein unbestreitba-
res Wohnrecht hat, könnte sie einen Schlüsseldienst
beauftragen das Haus zu öffnen. Die Polizeibeamten
gingen dann in das Haus und sprachen mit Herrn H.
jedoch ohne Ergebnis. Einen Moment später kam Herr
H. mit dem Kind Leo aus dem Haus heraus und fragte, ob wir uns alle nicht von ihm verabschieden wollten.
Wir übergaben Leo an der Türschwelle noch Spielzeug.
Die Türe wurde geschlossen, dabei wurde festgestellt,
dass plötzlich wieder ein Schloss vorhanden war. Nicole versuchte das Schloss mit dem bisherigen Schlüssel
zu öffnen. Zu unser aller Erstaunen passte der Schlüssel. Die Tür ging auf und Nicole betrat das Haus. Nicole stand 2 Meter im Hausflur. Herr H. stürzte herbei und forderte Nicole ultimativ auf unverzüglich das
Haus zu verlassen. Nicole gab zu verstehen, dass sie

ein verbrieftes Wohn- und Bleiberecht in dem Haus hat und er keine Berechtigung hat, sie des Hauses zu verweisen. Beweise liegen vor.

Daraufhin versuchte Herr H. Nicole gewaltsam aus dem Haus zu drängen. Das Procedere: Frau H. stand mit dem Gesicht zum Ausgang, Herr H. wollte sie von hinten über die steile provisorische Holztreppe ohne Geländer hinauswerfen. Frau H. schrie um Hilfe. Ich erkannte die Gefahr, denn Frau H. wäre mit großer Sicherheit mit dem Gesicht nach vorne die Treppe hinunter gefallen, mit unübersehbaren Folgen. Dementsprechend sprang ich die Treppe hoch und drückte Frau H. zurück in das Haus. Frau K. kam ebenfalls zu Hilfe und drückte ebenfalls ihre Tochter zurück. Als Herr H. merkte, dass sein Hinauswurf nicht mehr vollzogen werden konnte, lief er zu dem rückwärtigen Fenster, öffnete dieses und rief nach seinem Schwager zur Verstärkung, welcher jedoch nicht kam.

Ich selber ging nach dem vereitelten Hinauswurf einige Meter aus dem Haus und stand circa zehn Meter von dem Eingang/Holztreppe entfernt, da ich keine Gefahr für die zwei Frauen mehr sah. Das war offensichtlich eine fatale Fehleinschätzung. Frau K. stand mit ihrer Tochter noch in der Tür und wollte gerade gehen, da startete Herr H. eine erneute Attacke von hinten gegen Nicole um sie erneut auf die Treppe zu stoßen. Im letzten Augenblick wollte Frau K. ihre Tochter fest halten. Der Stoß war so stark, dass beide Frauen die Treppe bzw. von oben neben der Treppe herunter stürzten. Dabei verletzten sich beide Frauen, insbesondere Frau K., welche blutete. Da ich zu weit weg stand, konnte ich nicht mehr helfen. Herr H. warf die Tür sofort zu und sah nicht nach dem Zustand der Frauen, obwohl er bemerkt haben muss, was er angerichtet hatte. Beide Frauen humpelten aus dem Grundstück heraus wobei ich Frau K. stützen musste. Herr H. öffnete wieder ein Fenster und beschimpfte und beleidigte uns in schlimmer Art und Weise. So nannte er mich einen alten Sack der mit seinen 73 Jahren nur mit seinem Geld die alte Schlampe, Frau K., halten könnte. Außerdem bin ich das größte Dreckschwein was es gibt. Frau K. titulierte er ebenfalls mit unmöglichen Beschimpfungen wie Scheiß Hexe, nochmals als Schlampe die für Geld alles mache. Seine Frau Nicole wurde ebenfalls wüst beleidigt: Es wird Zeit dass du endlich abhaust und endlich mal eine hübsche Frau ins Haus kommt.

Ralf sagte zu mir: „Lass Dich hier nie wieder blicken, runter vom Grundstück!" Daraufhin rief Nicole H. erneut die Polizei an. Die gleichen Beamten kamen in wenigen Minuten zurück und forderten einen Krankenwagen an. Die Beamten besprachen sich erneut mit Herrn H. über die beschriebenen Vorfälle. Von einem Beamten wurde ich darüber informiert, dass Herr H. eine Anzeige wegen Hausfriedensbruch gemacht hat. Die Sanitäter untersuchten auf der Straße oberflächlich Frau K. und nahmen diese zur Untersuchung mit ins Krankenhaus. Dort wurden die Verletzungen festgestellt.

42

NEUE KELLERKINDER

Ich bekam wieder meine vorherige Wohnung. Da ich die Wohnungseinrichtung verkauft hatte, es somit keine Möbel gab, und Ralf sich außerdem weigerte, mir meine Sachen herauszugeben, musste ich beim Arbeitsamt Erstausstattung der Wohnung beantragen. Obwohl Ralf somit die ganzen Anziehsachen für die Kinder hatte, wurden mir die Kinder was die Kleidung anging immer wieder in einem erbärmlichen Zustand übergeben. Mit den Unterlagen, die ich für diverse Behördengänge benötigte, hielt Ralf es nicht anders. Immer wieder ignorierte er meine Anfragen, mir Reisepässe, Geburtsturkunden, Meldebestätigungen, Rentenversicherungsunterlagen, Krankenkassendaten und Ähnliches herauszugeben. Es ging

Ralf offenbar weniger darum, den Kindern ein ange-
nehmes Leben zu bereiten, als mich zu schikanieren.
Abgesehen davon, dass Ralf's Eltern sich ja immer
geweigert hatten, einen familiären Kontakt mit unseren Kindern zu unterhalten, war ich vorher immer der
Hoffnung, dass wenigstens Ralf sich angemessen um
das Kindeswohl kümmerte. Auch was andere Dinge
als die Kleidung und die Unterlagen anbelangte, war
dem leider nicht so. Leo erzählte mir eines Tages, dass
Lili, wenn sie weinte, bei der Oma in den Keller gesperrt würde und dort auch schlafen müsse. Diese Vorstellung versetzte mir einen Stoß ins Herz - Leo und
Lili sollten sonst ja nicht einmal das Grundstück der
Großeltern betreten. Außer wenn Besuch bei Ihnen
war, da sollte nach außen hin alles gut aussehen. Aber
zur Bestrafung wurden sie dort ins Haus gesperrt?
Das war wie in einem schlechten Horrorfilm!

Jetzt also war Lili das neue Kellerkind geworden.

Dazu passte, was eines Tages bei einer missglück-
ten Übergabe der Kinder passierte. An diesem Tag
brachte er die Kinder mit dem Wagen zu meinem
Haus. Lili lief gleich los und war schon fast im Haus.
Aus irgendeinem Grund, vielleicht hatte eines der Kinder etwas Falsches gesagt, schrie ihr Ralf hinterher,
dass sie stehen bleiben soll. Doch Lili höre ihn nicht
und tippelte weiter freudestrahlend in meine Richtung. Voller Zorn packte Ralf daraufhin Leo an der
Hand, lief auf uns zu, und gebährte sich dabei so, als

ob es darum ging, die Boten der Hölle in die Flucht zu schlagen. Ich war zuerst etwas verdutzt, aber versuchte dann doch, ihn zu beruhigen und sagte: „Lili freut sich doch nur, mich zu sehen!" Brüllend kam aus ihm nur noch hervor, dass die Kinder zu gehorchen hätten, und dass ich unfähig sei, sie vernünftig zu erziehen. Bei Lili angekommen, packte er sie am Arm und zog sie wieder zurück. Er hob sie gar nicht richtig hoch, sondern lies sie an einem Arm in der Luft hängen, wie eine Schweinehälfte in der Schlachterei. Lili tat das natürlich weh und sie schrie. Ich versuchte, Lili zu greifen, doch ich bekam sie nicht zu packen. Stattdessen schob Ralf sie barsch zurück ins Auto und schrie so laut umher, dass ihn die halbe Straße hören konnte. Welch eine unfähige Mutter ich doch sei und dass ich psychisch krank wäre. Es gab sogar einen Zeugen, der das mitbekam und mir alles später schriftlich bestätigte. Leider wurde das bei einer späteren Verhandlung vor dem Familiengericht von Ralfs Anwälten wieder so gedreht, als ob er nur aus Besorgnis so gehandelt hätte.

Einen Tag später fand eine Übergabe der Kinder an einem neutralen Ort statt. Lili erkrankte an diesem Tag, bekam Fieber und ich musste mit ihr zum Arzt. Da mir Ralf aus Bosheit die Versicherunskarte der Kinder nicht gegeben hatte, musste ich bei mehreren Ärzten vorsprechen, bis ich jemanden fand, der Lili behandeln wollte. Dabei stellte sich dann heraus, dass Lili eine Mittelohrentzündung hatte und wahrscheinlich schon länger Schmerzen gehabt haben musste. Mir drehte sich der Magen um bei der Vorstellung, dass Lili vielleicht deswegen von der Oma in den Keller geschickt wurde. Einige Monate später wurde mir Lili mit einem Hämatom auf dem Rücken übergeben. Ich ging mit ihr zur Notaufnahme in einer Klinik, wo immerhin der Verdacht auf innere Blutungen und Rippenbrüche zu untersuchen war. Die Ärzte sagten mir, dass diese Verletzung eher nicht beim Spielen passiert sein konnte. Wahrscheinlich war die Ursache vielmehr ein kräftiger Schlag auf den Rücken. So hieß es dann auch im Entlassungsbericht. Auch gab es später einen Vorfall, wo ich mit Lili wegen einer Beule am Kopf, Erbrechen, und Fieber zum Kindernotdienst musste. Ralf schwieg sich aus zu allen Vorfällen und eine diesbezügliche Meldung beim Jugendamt verlief im Sand.

Nach einer Vorsorgeuntersuchung berichtete ich Ralf, dass Lili zum Augenarzt musste. Er versicherte mir, dass er sich darum kümmern wollte. In Wirklichkeit ist aber nichts dergleichen passiert. Tatsächlich wollte er es nicht und versagte mir auch auf mehrmalige Anfrage die Zustimmung für eine Behandlung, so dass ich allein wegen der rechtlichen Situation nichts machen konnte.

Mit Leo ging es nicht viel besser. Er hatte eines Tages Zahnschmerzen zu beklagen und ich ging mit ihm zum Zahnarzt. Dort wurden vier Löcher festgestellt, die behandelt werden mussten. Ich hatte jedoch keine Zustimmung von Ralf und so durfte der Arzt keine Behandlumg durchführen. Ralf verweigerte die Behandlung mit den Worten, dass unsere Kinder keine Löcher in den Zähnen bekämen, allenfalls Verfärbungen. Ich konnte mir nur mit Schmerzmitteln behelfen - erst auf Intervention von Kindergartenmitarbeitern ging Ralf mit Leo endlich zum Zahnarzt. Bis dahin hatte Leo schon zwei Wochen lang Schmerzen gehabt.

An einem anderen Tag war eine Entwicklungsgespräch in der Kita veranschlagt. Ralf hatte ein solches zwar selber mit der Erzieherin ausgemacht, nahm aber dann doch nicht teil, da er Beruflich verhindert war. Während der Unterhaltung wurde mir mitgeteilt, dass Leo sprachliche Defizite habe und deswegen zum Logopäden müsse. Ralf stimmt dem an diesem Tag, aber auch später nicht zu - seiner Meinung nach bräuchte Leo das nicht, und überhaupt würde das dem Ansehen der Familie schaden.

Auch bei sozialen Belangen wurde mir von Ralf, was die Kinder anging, das Leben schwer gemacht. Zum 60. Geburtstag meiner Mutter zum Beispiel wollte Ralf nicht, dass die Kinder an der damit verbundenen großen Familienfeier teilnähmen. Erst nachdem Mitarbeiter des Jugendamts sich eingeschaltet hatten, stimmte er endlich zu.

Warum all diese Vorfälle nicht letztlich dafür sorgten, dass die Kinder zur alleinigen Betreuung an mich übergeben wurden, war schwer nachzuvollziehen. Ralf, seine Familie und der Rechtsvertreter verstanden es meisterlich, alles zu verschleiern. Auch wurde vieles abgeleugnet. Die Behörden waren mit gegensätzlichen Aussagen konfrontiert und konnten daher nicht handeln. Die Kinder wurden manipuliert und vom Vater zu Falschaussagen gezwungen. Wegen eines neues Gesetzes wurde es Vätern generell erleichtert, ein Teilsorgerecht zu erzwingen. Dann kam noch hinzu, dass für ärztliche Untersuchungen und Behandlungen grundsätzlich beide Elternteile ihre Zustimmung geben mussten, was in unserem Fall oft dafür sorgte, dass wegen des Boykotts von Ralf nichts passierte. Auch der Umstand, dass Ralf und ich in verschiedenen Bundesländern wohnten und bei den Behörden die eine Hand oft nicht wusste, was die andere tat, machte es nicht gerade einfach. Zudem belastete mich das alles so sehr, dass ich von Woche zu Woche weniger Energie hatte, gegen diesen Sumpf aus Gewalt, Lügen, Ignoranz, Unfähigkeit und Bürokratie vorzugehen.

Kraft fand ich bei all dem im Zusammensein mit meinen Kindern. Wenn diese bei mir waren, ich mit ihnen spielte, lachte oder für sie kochte, gab mir dies Zuversicht. Doch die unaufhörlichen Beschimpfungen und Verleumdungen von Ralf, bis hin zu aggressiven Bedrohungen, erfüllten mein Herz wiederum mit Zorn und Wut. Oftmals musste ich viel wertvolle Zeit, die ich eigentlich viel lieber meinen Kindern geschenkt hätte, für Anwaltsschreiben und weitere Schreiben an Behörden nutzen. Meine Gefühle schwankten zwischen absoluten Tiefs und euphorischen Hochs. Ich entsinne mich noch an den Tag, als ich die Kinder ins Bett brachte, mit ihnen kuschelte und ihnen eine Geschichte vorlesen sollte. Mir war jedoch nicht nach Vorlesen. Ich fühlte Glück und Schwermut zugleich, nahm meine kleinen Lieblinge in den Arm und wollte ihnen ein Schlaflied vorsingen. Leo fragte mich, ob ich ein Lied wüsste, das er nicht kannte. So überlegte ich kurz und dachte mir ein Liedchen für meine beiden Engel aus. Immer wieder und wieder wollten sie dieses Lied hören, vielleicht auch weil ihre Namen darin vorkamen. Meinem Herz ging es danach wieder besser und wir drei sind gemeinsam glücklich eingeschlafen.

Wenn kleine Kinder schlafen gehen,
dann sind sie müde,
Sie schließen schnell die Äugelein zu
und schlafen ganz schnell ein.
Schlafe ein, mein Engelein, schlafe ein,
das muss jetzt sein,
Schlafe ein, mein Engelein,
mein liebes Engelein.

Wenn die kleine Lili schlafen geht,
dann ist sie müde,
Sie schließt ganz schnell die Äugelein zu
und schläft ganz schnell jetzt
ein.
Schlafe ein mein Engelein, schlafe ein
das muss jetzt sein
Schlafe ein mein Engelein
mein liebes Engelein.

Wenn der kleine Leo schlafen geht
    dann ist er müde
Er schließt ganz schnell die Äugelein zu
    und schläft ganz schnell jetzt
ein.
Schlafe ein mein Engelein schlafe ein
    das muss jetzt sein
Schlafe ein mein Engelein
    mein liebes Engelein.

43

MISSBRAUCH

An einem Mittwoch holte ich wie abgemacht meine Kinder aus der Kindertagesstätte ab.

Als meine kleine Lili mich sah, kam sie sofort zu mir gelaufen und erzählte, dass ihr jemand weh getan hatte. Die Erzieherin hörte dies und fragte nach. Doch Lili verstummte sofort. In dem Moment kam auch Leo hinzu, so dass wir uns von den Erziehern verabschieden und gehen konnten. Gerade als wir die Kita verlassen hatten, fing Leo an, uns von seinem Tag zu erzählen. Lilis Aüßerung von zuvor schenkte ich in diesem Moment noch keine große Beachtung - es konnte ja sein, dass sie mit einem anderen Kind Streit gehabt hatte. Doch vor dem Zubettgehen bemerkte ich eine starke Veränderung. Lili schrie hysterisch, als sie ins Bett sollte, war nicht zu beruhigen und schluchzte: „Nein Mama, nein, ich will nicht ins Bett".

Als ich sie fragte, erzählte sie mir bruchstückhaft, dass Opa Martin ihr am Bein weh getan hätte und einen rosa Hammer hatte.

Sie schrie etwa eineinhalb Stunden lang so weiter, bevor sie in meinen Armen vor Erschöpfung einschlief. In dieser Nacht nässte sie auch ein, was sonst eigentlich nicht mehr vorkam. Sie schlief sehr unruhig und schrie mehrmals in der Nacht auf und rief nach mir. Das war ich von ihr eher nicht gewohnt.

Am nächsten Morgen versuchte ich nochmals mehr darüber zu erfahren, da mir dies alles etwas komisch vorkam und das Verhalten untypisch für meine Tochter war. Dabei erzählte Sie mir auch, dass Opa einen Hammer in der Hand hatte, der gespuckt hat. Auf die Frage, wie er denn gespuckt hat, machte sie ihre Spucke im Mund schaumig und spuckte in ihre Hand. Auch soll Opa nichts angehabt haben und sie sei aber nicht nackt gewesen. Ich schaute mir daraufhin ihren Genitalbereich an, konnte aber nichts Verdächtiges sehen. Daraufhin fragte ich Ralf, ob er irgendetwas mitbekommen hatte. Er sagte nein. Auch fragte ich Leo, ob Lili und er beim Opa waren und erfuhr so von ihm, dass am Vortag Elternabend war und Oma und Opa auf sie aufgepasst hatten. Ich habe daraufhin in der Kita angerufen und mir wurde bestätigt, dass Elternabend war. Einladungen für die Eltern hatten sie in die Kinderfächer gelegt, aber wie schon des Öfteren hatte mir mein Mann die Einladung natürlich nicht weitergegeben.

Ab diesem Punkt lag der Anfangsverdacht nahe, dass da etwas Gravierendes passiert war. Ich rief darauf eine Notfallnummer vom Jugendamt an und wurde mit Frau Z. vom Jugendamt meiner Stadt verbunden. Sie riet mir daraufhin, in die Uniklinik zu fahren, da meine Tochter dort psychologische Hilfe bekommen würde. Ich fuhr sie hin und nach längerem Warten sollte sie nun untersucht werden. Lili wollte sich aber nicht ansehen lassen und antwortete auch auf keine Fragen. Die Ärzte sagten mir da schon, dass sie vermutlich nichts sehen werden, weil ich auch selbst ja auch schon nichts gesehen hatte und sie ihrer eigenen Erzählung nach auch wahrscheinlich angezogen war. Sie sagten mir außerdem, dass eine psychologische Betreuung in der Klinik nicht möglich sei. Daraufhin verließ ich die Klinik und fuhr zur Polizei, um schneller Hilfe zu bekommen. Dort wurde eine Anzeige aufgenommen und mir für kommenden Freitag ein Termin beim psychologischen Dienst der Polizei vermittelt. Ich teilte meinem Mann mit, dass ich die Kinder erst später zu ihm würde zurückbringen können. Dies wollte mein Mann überhaupt nicht akzeptieren und fuhr umgehend zu mir um die Kinder zu holen. An meinem Haus angekommen verschaffte er sich mit falschen Behauptungen über einen Nachbarn Zutritt zum Treppenhaus und hämmerte wie wild an die Wohnungstür und forderte lautstark die Herausgabe der Kinder. Die Kinder waren dadurch total verängstigt und schrien. Ich konnte und wollte auch die Tür nicht öffnen, da er sehr aufgebracht war und ich nicht wusste, wie er mir und den Kindern gegenüber reagieren würde.

Dies war absolut kein kindgerechtes Verhalten seitens meines Mannes und mit Sicherheit kindeswohlschädlich. Ich rief daraufhin die Polizei und das Jugendamt an und schilderte den Vorgang. Dort wurde mir geraten, die Kinder nicht herauszugeben und den polizeilichen Termin auch wahrzunehmen. Als mein Mann das Haus wieder verlassen hatte und in seinem Auto saß, ging ich mit beiden Kindern zu meinem Auto, wo ich von meinem Mann überrascht wurde. Er entriss mir unseren Sohn und wollte ihn mitnehmen. In diesem Moment rief die Polizei auf seinem Handy an und erklärte ihm, dass er mich jetzt mit beiden Kindern zu dem Termin fahren lassen solle. Er fuhr separat zu dem Polizeitermin und fing im Wartezimmer auch gleich an, mich vor den Kindern zu beschimpfen und zu beleidigen. Dass Fremde anwesend waren und mithörten, störte ihn nicht. Auch versuchte er die Kinder zu beeinflussen und verlangte von ihnen, dass sie nichts sagen sollten.

Bei dem Polizeitermin musste mein Mann versichern, dass er die Kinder nicht mehr in die Obhut seines Vaters geben würde, und auch dass die Kinder nicht mehr von ihm in die Kita gebracht oder von dort alleine geholt würden. Er stimmte zu und konnte die Kinder daraufhin mitnehmen. Vor dem Polizeirevier sagte mein Mann mir dann aber, dass er mir nicht glaubte. Weiter sagte er mir, dass er seinem Vater die

Kinder auch weiterhin zur Betreuung geben würde, da seiner Meinung nach nichts passiert sei und ich mir das alles nur ausgedacht hätte um dem Ansehen seiner Familie zu schaden. Er beleidigte mich wieder mehrfach vor den Kindern, dass ich eine schlechte Mutter wäre, bekloppt sein soll, die Kinder nicht gut bei mir aufgehoben wären und ich nicht in der Lage sein soll die Kinder zu betreuen.

Das war natürlich ein sehr selbstgefälliges Gehabe von Ralf. Er glaubte wirklich, dass er machen konnte, was ihn in den Kram passte. Es war sehr schade, dass solchem Verhalten wegen der schwierigen Gemengelage mit mehreren, auch noch über zwei Bundesländer verteilten Behörden und vielen beteiligten, sich widersprechenden Parteien schwer beizukommen war. Im Nachgang versuchte ich trotzdem mehrfach, Ralf dazu zu bewegen, dass die Kinder psychologische Betreuung bekommen. Wie leider zu erwarten war, lehnte er das rundweg ab, und da für ärztliche Untersuchungen immer beide Elternteile ihre Zustimmung geben mussten, konnte ich allein nichts tun.

44

AMTSVERUNSTALTUNG

Bei allen Sorgerechtsfällen und den damit verbundenen Familiengerichtsverhandlungen spielt in Deutschland das Jugendamt eine herausragende Rolle. Aussagen von Jugendamtsmitarbeitern wird nahezu derselbe Stellenwert wie Expertisen von Gutachtern zugeschrieben, und gleichzeitig spielen sie die Rolle von Exekutivorganen, indem sie betreuen und beobachten. Damit einher geht eine hohe Verantwortung, aber auch die Gefahr, dass Befangenheit zu schwerwiegenden Fehleinschätzungen oder sogar Fehlurteilen führt.

Konkret beweisen kann ich es nicht, aber in meinem Fall kam es in Zusammenhang mit Jugendamtsmitarbeitern zu seltsamen Verwicklungen, und zu-

mindest Indizien schienen darauf hinzudeuten, dass
hier etwas nicht richtig lief. Frau R. zeigte unserem
Fall gegenüber ein voreingenommenes Verhalten, welches mich dazu veranlasste, eine Beschwerde beim Jugendamt einzureichen. Im Folgenden das Beschwer-
deschreiben (Daten geändert):

Beschwerde an das Jugendamt, zu Händen des Ju-
gendamtsleiters Herrn G.

An den Amtsleiter des Landesjugendamtes [Ort]

Sehr geehrter Herr G,

Hiermit möchte mich offiziell über die Art und Weise
der Arbeit von der Sozialarbeiterin Frau R. des allge-
meinen Sozialen Dienstes (ASD) in [Adresse] beschwe-
ren. Ich fordere eine genaue Untersuchung und Be-
wertung der Arbeit von Frau R. zum Schutze meiner
beiden Kinder. Auch ist zu prüfen, ob sich Frau R. über
geltendes Recht hinweggesetzt hat und ihren Hand-
lungsspielraum überschritten hat. Ich erwarte dazu
eine schriftliche Stellungnahme sehr zeitnah, da eine Kindeswohlgefährdung nicht auszuschließen ist.
Nachfolgend werde ich ihnen einige Vorkommnisse
und mir etwas befremdlichen Entscheidungen auffüh-
ren.

In der Vergangenheit ist mir mehrmals aufge-
fallen, dass nach der Versendung von vertraulichen
Unterlagen an das Jugendamt [Ort] zu Hd. Frau R.,

ich kurze Zeit später von meinen noch Mann eine
Nachricht darüber erhielt oder er mich darauf an-
sprach. Dies verwunderte mich schon damals, aber
ich schenkte dem keine große Bedeutung.

Von dem Tag (13.08.2016), als ich von meiner Tochter Lili H. erfuhr, dass der Opa Martin H. eine sexuel-
le Handlung (Verdacht) vor oder an ihr begangen haben könnte und ich diesen am 15.08.2016 unter der Ta-
gebuchnummer 17694/11/157111 zur Anzeige gebracht
habe, war der Kontakt per E-Mail zu Frau R. wesentlich häufiger als davor. Nach der Anzeige und der Info
an Frau R. darüber, wurde der Vater Ralf H. und die
Mutter Nicole H. zu einem gemeinsamen Termin am
19.08.2016 ins Jugendamt bestellt. Dort wurde dann
ein Kontrollvertrag bei festgestellten Kindeswohlgefährdung (Dokument 6) festgelegt und durch beide Eltern und Frau R. unterschrieben (ist als Anlage beige-
fügt).

In dem Vertrag steht drin, dass beide Kinder keinen Kontakt mit dem Großvater Martin H. haben sollen bis zur Beendigung des polizeilichen Ermittlungsverfahrens. Die Einhaltung und Überprüfung des Vertrages obliegt Frau R.

Bei dem Treffen beschimpfte mich mein Mann
Ralf H., dass ich bekloppt sei, psychisch krank bin und
dass der Vorfall mit seinen Vater nicht stimme. Ich
wies Frau R. darauf hin, dass ich mich hier nicht so
Beleidigen lassen muss. Sie sagte: „Ralf lass das". Die
Ansprache kam mir schon etwas komisch vor. Mein
Mann äußerte schon unmittelbar nach der Unter-

zeichnung des Vertrages außerhalb des Jugendamts mir gegenüber, dass er die Kinder nicht von seinen Eltern fernhalten wird und machen wird was er für richtig hält. Dazu ist anzumerken, dass mein Mann und seine Eltern auf einem gemeinsamen Grundstück wohnen, wo ein Kontaktverbot sehr schwer durchsetzbar ist und mein Mann dies auch nie vorhatte. Frau R. war über die örtlichen Gegebenheiten durch einen Besuch im Vorfeld im Bilde, sah dies aber nicht als wichtig an.

Schon am 26.08.2016 zu einem Gerichtstermin habe ich Frau R. im Gerichtssaal darüber unterrichtet, dass Leo mir erzählt hat, dass sie alle zusammen mit Opa (Martin H.) gegessen haben. Sie äußerte sich dazu nicht weiter und mein Mann gab im Gericht zu dass Opa Martin H. dabei war. Schon hier hätte Frau R. aktiv werden müssen, um diesen Kontakt zu unterbinden.

Der nächste Vorfall war der gemeinsame Urlaub meines Mannes mit den Kindern auf dem Boot seiner Eltern. Leo erzählte mir davon wie toll es auf dem Boot war und dass Oma und Opa auch mit waren. Da sieht man mal wieder, dass mein Mann sich über alles hinwegsetzt und ihn der Kontrollvertrag dabei nicht interessiert. Darüber informierte ich Frau R. per Mail am 04.09.2016 und forderte sie zum Handeln auf. Frau R. sollte sich am 05.09. bei mir melden, um das weitere Vorgehen abzustimmen. Da tat sich aber nichts und wie sich später herausstellte, war Frau R. im Urlaub und ihre Mails wurden auch nicht weitergeleitet.

Am 06.09.2016 bin ich dann mit meiner Mutter selber aufs Jugendamt gefahren, um zu klären warum sich keiner meldet bzw. erreichbar ist. Die Vertretung Frau O. sagte mir dann, dass sie trotz Kontrollvertrages selber nichts machen kann und Frau R. sich dann am 09.09.2016 (nach ihrem Urlaub) bei mir melden wird. Später wurde ein Gerichtstermin für den 03.10.2016 anberaumt. Zu diesem Termin war Frau R. auch anwesend. Sie vertrat dort die Meinung, dass die Kinder am besten beim Vater aufgehoben wären und ich nur noch Umgang haben sollte. (Bis September 2017 bin ich noch im Erziehungsjahr.)

Ansonsten unterließ sie es, die von mir vorgebrachten Tatsachen (mehrfacher Kontakt des Großvaters mit den Kindern, trotz Kontaktverbotes) überhaupt zu erwähnen bzw. anzusprechen, sondern redete nur positiv von meinem Mann und wollte auch nichts vom Inhalt des Kontrollvertrag wissen (kein Kontakt mit Martin H. bis zur Beendigung des polizeilichen Ermittlungsverfahrens), obwohl ich sie im Gericht nochmal darauf hingewiesen habe.

Im Gerichtstermin bestätigte der Vater Ralf H., dass er mit den Kindern auf dem Boot gewesen sei und seine Eltern auch dabei waren. Auch erzählte Leo mir und anderen, dass er zu Lilis Geburtstag am 17.09.16 mit dem Opa gegrillt hat und sie dann alle zusammen Kaffee und Abendbrot gegessen haben. Dies bestätigte auch Ralf H. im Gerichtstermin. Über diesen Sachverhalt wurde auch Frau R. per Mail am 20.09.16 durch mich informiert und unternahm genau wie beim Gerichtstermin absolut nichts, sondern sie stimmte meinen Mann zu, dass wir den Opa nicht ausgrenzen können. Dies wäre nicht gut für die Kinder. Über weitere gemeinsame Treffen mit Opa Martin berichtete mir Leo mehrmals. Da frage ich mich doch mit gesundem Menschenverstand, wie man als Amtsperson, die das Wohl der Kinder schützen soll, so handeln bzw. agieren kann? Da muss ich ja davon ausgehen, dass der von ihr geschlossene Kontrollvertrag absolute Augenwischerei ist und maximal noch für das Klo ausreichend ist. Hier läuft gewaltig etwas schief in meinen Augen, man könnte fast den Eindruck gewinnen, dass hier seitens Frau R. Gefälligkeiten gegenüber Herrn Ralf H. erbracht werden. Wer weiß in welchem Verhältnis beide zueinander stehen?

Beim Gerichtstermin kam auch nochmal die Sprache auf die beantragte (Beginn 28.08.2016) gemeinsame Kur mit den Kindern. Diese wurde am 26.08.2016 gerichtlich und auch durch Aussagen von Frau R. abgelehnt, so dass die Kur zwar angetreten, aber auf Empfehlung der Kurleitung abgebrochen wurde, da ohne Kinder kein Kurerfolg in Aussicht stand. Der Grund für die beantragte Kur war, dass mich mein Mann Ralf H. mehrmals geschlagen, psychisch und physisch runter gemacht und bedroht hat und das fast immer im Beisein der Kinder geschehen ist. Die Kur sollte zur besseren Verarbeitung dieser erlebten Geschehnisse bei mir und den Kindern dienen. Frau R. wusste über die Vorkommnisse die während der noch andauernden Ehezeit passiert sind Bescheid, unternahm aber nichts.

Nach meinen Ausführungen zum Grund der Kur ergriff Frau R. das Wort und äußerte, dass ich mich ihr gegenüber auch schon mal im Ton vergriffen habe soll, obwohl sie niemand danach gefragt hatte. Auf Nachfrage von mir, wann dies gewesen sei und was ich gesagt haben soll, hatte sie keine Antwort darauf. Mir erschien es so, als ob Frau R. mich nur schlecht vor Gericht da stehen lassen wollte, weil ich vorher die Gründe für die Kur ausführlich dargestellt habe. Wie sonst ist diese Aussage ohne Antworten und Mehrwert zu erklären?

Weiterhin möchte ich erwähnen, dass nach einer persönlichen Übergabe der Kinder durch meinen Mann Ralf H., ich am Abend bei Lili (sie war damals 2 Jahre alt) ein 3cm x 3cm großes Hämatom auf dem Rücken festgestellt habe. Daraufhin bin ich sofort mit ihr ins Krankenhaus gefahren. Dort wurde festgestellt, dass dies sehr unwahrscheinlich vom Spielen sein kann, sondern von einem kräftigen Schlag auf den Rücken. Ralf H. äußerte sich bis heute nicht dazu, woher das Hämatom gekommen ist. Das Krankenhaus in [Ort] hatte darüber ein Bericht an das Jugendamt [Ort] an Frau R. gesendet. Dieser wurde von mir auch schon 2 Mal nachgereicht, da Frau R. ihn angeblich nicht mehr hatte. Ich dachte mir zum damaligen Zeitpunkt nicht dabei.

Weiterhin wurde Frau R. am 19.09.16 telefonisch und per Mail von meiner Mutter informiert, dass Lili ihr beim Spielen berichtete, dass Opa Martin H. ihr weh getan hat. Meine Mutter brachte dies unter der Vorgangsnummer 4180/11/167777 zur Anzeige. Mit diesem Wissen und ohne abwarten, was bei den polizeilichen Ermittlungen herauskommt, befürwortet sie, dass die Kinder zum Vater gehen und ich nur Umgang haben soll.

Frau R. hat nachweislich gegen den Vertrag vom 19.08.2016 verstoßen und schützt nicht meine Kinder, wie es der ASD normal machen sollte. Ich kann mich des Eindrucks nicht erwehren, dass hier etwas nicht mit rechten Dingen zugeht und bewusst Informationen von Frau R. zurückgehalten oder falsch dargestellt werden.

Mit freundlichen Grüßen
Nicole H.

Hierauf passierte absolut nichts, auch nicht, als die Angelegenheit in höhere Instanzen bis zum Oberlandesgericht ging, außer dass mein Vertrauen in die Arbeit der beteiligten Behörden auf einen Tiefpunkt gefallen war.

45

AMELIE

Damit beendete Nicole ihre Erzählung der Vorfälle der
letzten Jahre und Monate. Die Sache war nicht ausge-
standen - die Kinder mussten ihre Zeit immer noch
vornehmlich beim Vater und dessen Familie verbringen. Dort wurden sie beeinflusst, gequält, und als
Instrument missbraucht, Nicole weiter zu schikanieren. Diese Familie war böse, sie versteckte sich wie
ein Parasit unter dem Deckmantel einer nach außen
hin funktionierenden Hofgemeinschaft vor den chao-
tisch und ineffektiv agierenden Behörden und Institu-
tionen, und missbrauchte die Idee eines Kindeswohls
durch Stärkung der Rechte des Vaters, die gut gemeint war, aber in bedauerlichen Einzelfällen auch dazu führte, dass Kinder eben gerade nicht vor der Bös-

artigkeit der Familie des Vater geschützt wurden. In dieser Familie agierte nicht die Liebe, welche die Kinder brauchten um sich gesund zu entwickeln, sondern Intrige, Lüge, Manipulation und Gewalt.

Nicole war seelisch krank geworden durch ihre Erlebnisse, weil sie geblendet und getäuscht wurde, und später unterdrückt, physisch angegriffen und psychisch gefoltert. Eigentlich müsste man ihr raten, jeglichen Kontakt sofort und für immer abzubrechen, aber anstatt die Kinder in eine heilvolle Umgebung zu entlassen und sie der Mutter zu geben, wurde Nicole gezwungen, sich den Schikanen der Vaterfamilie weiter auszusetzen. Weiter mitanzusehen, wie die Kinder verdorben und missbraucht wurden, ihnen ärztliche Behandlung versagt und ihre Entwicklung gehemmt wurde.

Von allen Seiten angegriffen hatte sie weder Kraft noch Mittel, sich gegen die Ungerechtigkeit zu wehren, die ihr widerfahren war. In unserer Gesellschaft werden Täter mitunter mehr geschützt und von den Rechtspflegeorganen verhätschelt, als dass den Opfern der ihnen gebührende Schutz zuteil wird.

Die Kinder werden auch weiterhin diesen unheilvollen Einflüssen ausgesetzt sein, wenn nicht auf gerichtlicher Ebene andere Entscheidungen durchgesetzt werden können. Das bedarf eines gewaltigen Kraftaktes, um die vielfachen Verwicklungen der beteiligten Behörden, bereits erfolgter Anzeigen, sich widersprechender Zeugenaussagen, bestehender Urteile und Verfehlungen der beteiligten Personen und Behörden aufzubrechen. Ich sehe nicht, dass Nicole dazu derzeit in der Lage ist, aber ich werde mein Möglichstes tun, ihr in Zukunft zu helfen, damit sie lernt, dass sie nicht allein ist und dass in böse Machenschaften verstrickte Menschen eben nicht am längeren Hebel sitzen. Die Gerechtigkeit muss letztlich siegen.

Wir verabschiedeten uns herzlich und versprachen uns beide, dass wir uns jetzt häufiger sehen würden.